ベリーズ文庫

イジワル社長は溺愛旦那様!?

あさぎ千夜春

STARTS
スターツ出版株式会社

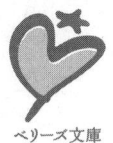

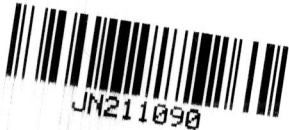

目次

イジワル社長は溺愛旦那様!?

プロローグ……6
上司と部下で、内緒の夫婦……12
上司と部下で、出張お泊り……40
逃走した日曜日　～上司と部下になる前のふたり～……54
上司と部下を、たまには忘れて……70
誘惑の火曜日　～上司と部下になる前のふたり～……79
上司と部下の、オンとオフ……108
甘えてほしいウィークデイ
～上司と部下になる前のふたり～……143

ふたりきりの極上ウィークエンド
〜上司と部下になる前のふたり〜……187
新婚熱愛エブリデイ
〜上司と部下になる前のふたり〜……262
上司と部下で、ジェラシーで……280
上司と部下で、最愛の人……311
エピローグ……356

特別書き下ろし番外編

夫が妻を愛しすぎている件……362
あとがき……376

イジワル社長は溺愛旦那様!?

プロローグ

贅沢《ぜいたく》に重ねられたレースとフリルでずっしりと重いドレス。

首にかかった大きなダイヤモンドのネックレス。

歩きにくいことこの上ない、八センチのヒール。

髪は無理やり引っ張り上げられて、こめかみはずっと痛かった。

でもこれが〝結婚〟だと思っていた。我慢と忍耐の上に、自分の未来はあるのだと納得して、受け入れていた。

だけど——。


「姉ちゃん！」

最愛の弟の叫び声に、牧師の前に立っていた三谷夕妃《みたにゆうひ》はホテル内のチャペルで思わず振り返っていた。

視線の先には学生服姿の弟、朝陽《あさひ》が仁王立ちしている。

突然の朝陽の行動にチャペル内の列席者がざわめいた。

誓いの言葉はこれからで、チャペルは荘厳な雰囲気に包まれており、朝陽の姉への呼びかけは、明らかに場違い極まりない。

「なんだ、あいつ……」

隣に立っている青年が怪訝《けげん》そうに振り返り、眉を寄せる。

夕妃は驚いたがそれでも平静を装って、新婦側の一番前に座っていたはずの朝陽に手を伸ばした。

「朝陽くん、話なら後で聞くから……」

そう呟いた瞬間、その手は弟に掴まれていた。夕妃は反射的に腕を引いたが、びくともしない。

（朝陽くんまさか変なことを考えてるんじゃ……）

夕妃の心臓がドキドキと強く跳ね始める。

周囲はまだ、姉と弟の別れの挨拶のようなものなのだろうと朝陽の行動を甘く見ている。だが自分を見つめる弟の目はとても真剣で、ある種の決意を秘めていた。

「朝陽くんっ……」

とりあえず座ってほしいと口を開きかけた次の瞬間、夕妃の体はふわっと宙に浮いて視界が一転していた。なんと朝陽が担いで、肩に乗せたのだ。

「きゃあっ！」

夕妃は悲鳴をあげた。その拍子に重いネックレスが外れ、床に落ちる。ただごとでない気配に、ようやくチャペル内で式を見守っていたホテルの従業員たちが、驚いたように姉弟のもとに駆け寄った。

「花嫁を下ろしてくださいっ！」

「お客様っ！」

だが朝陽は肩に姉を担いだまま、列席者に向かって叫んでいた。

「すみません、結婚やめます！」

〝光のチャペル〟と銘打《めいう》たれたその場所は、太陽の光を受けてすべてがキラキラと輝いており、学生服姿の朝陽の姿は、呆然と立ち尽くす新郎よりもずっと、存在感があった。

「なっ、お前っ……！」

そこでようやく、現状を認識した新郎の男が怒りをむき出しにして朝陽に飛びかかったが、ラグビー部の主将で、身長百九十センチを超える朝陽を止められる人間は、残念ながらここにはいない。

「マジですみません！　ご迷惑、おかけしました！」

あっさりと身を翻《ひるがえ》し、朝陽は夕妃を担いだまま軽やかに駆け出していた。

都内の一等地にある高級ホテルを飛び出して、朝陽は走る。

夕妃は朝陽の逞《たくま》しい肩に両腕をつき、上半身を起こしながら振り返って叫ぶ。

「朝陽くん、ど、どこに行くのっ？」

いったいこの先どこに、自分たち姉弟が逃げる場所があるというのだ。いや、どこにもないことは夕妃が一番わかっている。この結婚こそが最良の選択であるはずだ。

「朝陽くん、私は結婚していいんだよ、朝陽くんが気にすることなんてないんだよっ！」

「うるさいっ、俺がよくないし、めっちゃ気になるんだっ！」

「でもっ、こんなことして、みんなに迷惑がかかるじゃないっ！」

「みんなって誰だよ、そんなの知るか！」

日曜日、大安吉日の都内を、学生服の青年がウェディングドレスの女を担いで全力疾走《しっそう》する様子はあまりにも場違いで、誰もが驚いたように道を空ける。

中には「なにかの撮影かな？」と、スマホを向ける通行人もいて、夕妃はいよいよ気が遠くなった。

（どうしよう……！）

今さら戻ったとしても、結婚式の続きをすることは可能なのだろうか。自分が社会的に罰を受けるのはまだいいが、朝陽が責められるのは絶対に避けなければならない。

（いざとなったら……ど……土下座とか……！）

もちろん土下座なんてしたことはないが、新郎側は社会的地位が高く、たとえ未成年の弟がやったこととはいえ、花嫁にあの場で逃げられるなどとても許せないだろう。それに新郎の人となりからして土下座で済むとは思えない。彼は恐ろしい男なのだ。

（やっぱり早く戻らなきゃ！）

夕妃は心を決めて、朝陽の耳を掴む。

「こらっ、朝陽、放しなさいっ！」

さすがの朝陽も耳は鍛えられない。

「うわっ⁉」

驚いたように身をのけぞらせ加速を緩める。それまで全力疾走していたせいか、夕妃の体だけが前へと移動して、朝陽の手を離れ、ふわりと浮いた。

「あっ……！」

「きゃあっ！」

朝陽と夕妃が悲鳴をあげる。ちょうどそこは横断歩道の直前で、夕妃は道路に向かって背中から投げ出されていた。

夕妃の目にハンドルを握った、眼鏡をかけた知的な雰囲気の男性が、大きく目を見開いてなにかを叫ぶ姿が差し迫る。

(……ああ、ごめんなさい。あなたに轢《ひ》かせるつもりはなかったのだけど……ごめんなさい……)

まるで底なしの沼に落ちたかのように、ゆっくりと夕妃の世界は無音になった。

事故に遭《あ》う時はすべてがスローモーションに見えるというのは本当なんだな、と、そんなことを思いながら、夕妃はそのままぷっつりと意識を失っていた。

そして時は流れる――。

上司と部下で、内緒の夫婦

終業時間間近の『エールマーケティング』社長室で、夕妃は社長自らの叱責《しっせき》を受けていた。

「まったくダメですね。やり直してください」

冷ややかな彼の声に心臓がギューッと締めつけられる。

社長の声は窓の外の木枯らしよりも冷たい。デスクの上に置かれた資料に、夕妃はおそるおそる視線を送った。

「なにか、間違っていましたか……?」

「なにか?」

夕妃の直属の上司であり、このエールマーケティング株式会社の社長である神尾《かみお》湊《みなと》が、眼鏡の奥で切れ長の目を細める。

ストレートの黒髪に、全体的にすっきりと整ったクールな顔立ち。メタリックフレームの眼鏡と仕立てのよい三つ揃えのスーツがよく似合っている。

彼が椅子に座って、長い足を優雅に組むとそれだけで様になるが、今はそんな状況ではない。半日かけて作成した大事な会議の資料がものの五分で突っ返されようとしているのだ。

夕妃は軽く落ち込みながら、大きな窓を背にして座っている上司を見つめた。

「なにかって、全部ですよ」

「ぜん、ぶ……ですか」

言われている意味がわからずに思わず復唱してしまう。

湊は分厚い資料の上に手を置いて、長い指をトントンと神経質そうに動かした後、頬杖をついたまま、無言で資料を押し返した。

(それなりにできたと思ったんだけどな……)

夕妃が突っ返された資料を胸にスゴスゴと秘書室に戻ると、同僚であり、先輩でもある坪内恭子《つぼうちきょうこ》が、目を見開く。

「もしかして……?」

「突っ返されました……」

「ああ、やっぱりっ」

夕妃の頑張りを間近で見てわかっているだけに、恭子もまるで自分のことのようにがっくりきている。そして〝やっぱり〟というあたり、これはエールマーケティングの日常の風景なのだ。

恭子ははぁと息を吐きながらデスクから立ち上がると、後輩である夕妃を励ますように、両手で肩をポンと叩く。

「社長、めっちゃくちゃ厳しいからなぁ……ドンマイ」

「はい……」

夕妃は苦笑しながら、自分のデスクについてパソコンを立ち上げた。

「途中までなら手伝えるよ」

さすがに気の毒になったらしい恭子が手伝いを申し出てくれたが、

「大丈夫ですよ、恭子さん。お子さんのお迎えがあるでしょう。これは私の仕事ですし、まだ時間はありますから」

夕妃はそれをやんわりと断って、もう一度資料に最初から目を通すことにした。


集中して作業をしていたら、あっという間に終業時間を三時間以上超えていた。恭子も当然帰宅し、ビル内の明かりはほとんど消えている。

「よし、できたっ！」

まるでダメだと言われてしまったので、新しいアプローチから資料を作り直した。

それなりだと思っていた部分もすべて洗い直し、前よりもずっと見やすい資料になっていた。

「とりあえず明日の朝一番に見てもらおう」

夕妃はデータを保存して電源を落とすと、いそいそとコートを羽織り、秘書室を出る。

夕妃は短大卒業後、別の企業でOLをしていたのだが、半年前からエールマーケティングの社長秘書として働き始めた。

エールマーケティングは、日本有数の化粧品会社である『エール化粧品』の関連企業だ。社長の神尾湊は、もともとエール化粧品役員の秘書をしていたのだが、今から約一年前、新しい会社設立の際に社長として抜擢《ばってき》された。

クールな見た目以上にその中身は冷徹《れいてつ》で、彼の笑顔を見たことがある社員はほぼいない。他人以上に自分にも厳しく、めったに感情的になることがない。精巧《せいこう》にできたアンドロイドのような男なのでとにかく仕事には厳しく、今日のような残業も一度や二度ではない。

「三谷さん！」

エレベーターに乗り込んで階下まで下り、エントランスホールから足早に出口に向かっていると、誰かが夕妃の名字を呼ぶ。別のエレベーターから降りてきた、スーツ姿の若い男が小走りで夕妃に近づいてきた。

「澄川《すみかわ》さん、お疲れ様です」

夕妃はぺこっと頭を下げた。

澄川は、エールマーケティングの営業マンだ。秘書室とはフロアは違うが、二十四歳で同い年なせいか、夕妃に気安く声をかけてくる。

「今帰り？　遅いね」

「うん、少し仕事が残ってしまって」

夕妃が歩き始めると、澄川が一歩先の隣を歩く。

「社長、厳しいもんね。でも圧倒的に正しいから、ぐうの音も出ないんだけどね」

そう言う澄川の声は真剣味を帯びている。

（みんな口を開けば、社長は厳しいって言うんだなぁ。まぁ実際そういう一面もあるけれど）

夕妃は内心おもしろく思いながら、腕時計で時間を確認する。それを見てなのか、突然どこか慌てた様子で澄川が口を開いた。

「あ、あのさー、三谷さん、今から食事でもどうっ？」

「今から？　ごめんなさい、もう遅いからタクシーに乗って帰ります。その……猫が心配だし」

一刻も早く家に帰りたくてたまらない夕妃は早口でそう告げ、そのまま会社の前の大通りに停まっていたタクシーに向かって手を挙げた。

「そっか、そういえば猫飼ってるって言ってたっけ……じゃあ、またの機会に！」

「うん、みんなにも声をかけておきますね。ランチ会なら私も行けると思うので」

タクシーの後部座席に体を滑り込ませながら、夕妃は笑顔で澄川に手を振った。


職場からタクシーで三十分ほどの距離にある高層マンションの最上階が、夕妃の帰る場所だ。

「ただいま帰りましたー！」

マンションの鍵を開けてドアノブを引くと同時に、黒い影がサッと動いた。

飛びつかれて体がふらついたが、大きな手のひらが夕妃の背中に回り、背中を支える。転倒せずに済んだことにホッとして、夕妃はひんやりとした黒いセーターの腰に手を回した。すると今度はしっかりと、夕妃の体が抱きしめられる。

これが夕妃の帰りを今か今かと待っていた〝猫〟の正体だ。

「遅い」

本当に待ちくたびれていたのだろう。頭上から少し不機嫌そうな声が響いて、夕妃は眉をハの字にしながら顔を上げた。

「だって、仕事が終わらなくて……」

「誰だよ、俺の奥さんにそんな仕事振った奴は」

「あなたでしょ？」

夕妃が苦笑すると神尾湊が微笑む。

三つ揃えのスーツを脱いで黒のセーターとデニムに着替えた湊は、眼鏡もカジュアルなセルフレームに変えていた。シンプルな装いだが、背が高くスタイルがいい湊にはよく似合う。プライベートでは、マーケティング会社の社長というよりも、デザイン関係の仕事をしているといったほうがハマる雰囲気だ。

「そうだった」

けれど湊は『ごめんね』とは言わない。あれが夕妃の仕事だからだ。

（そういうところが、好きだなぁ）

そんなことを考えながら、夕妃は彼を見上げた。

「おかえり」

湊は改めてそう言うと、夕妃の首元にグルグルと巻かれたマフラーを取り、それからコートのボタンを上からひとつずつ外しながら、夕妃の顔を覗き込んだ。

「夕妃、お腹空いてる?」

「お昼が遅かったから、そうでもないかも」

「じゃあ一緒に風呂に入ろうか」

コートのボタンをすべて外し終えた湊の指が、今度はジャケットへと移動した。

神尾湊、三十三歳と、夕妃、二十四歳は夫婦である。

職場では旧姓の三谷を名乗っているが、入籍は済ませ、もちろん双方の家族や関係各所には挨拶済みだ。だが事情を知らない職場やその他の場所では、ふたりの関係がバレてしまわないよう、夕妃は表向きエールの人材派遣会社を通して、エールマーケティングに派遣されている。

夕妃に事情がありこういうことになっているのだが、今となっては些細《ささい》なことだ。

なによりも大事なのは夫婦がこうやって一緒にいられることなのだから。

「どこかかゆいところはありませんか?」

「ありません」

バスルームで繰り広げられる、どこか楽しげな湊の問いかけに、夕妃がまじめに首

を振ると、

「じゃあ流すよ」

頭の上からシャワーのお湯がかけられ、書類を突っ返した指が背中まである髪に残る泡を優しく洗い流していく。シャンプー、リンス、コンディショナーと、手際よくこなした後は、体まで洗ってくれた。

「ゆっくり肩まで浸かって。今日は寒かったからね」

「はーい」

言われるがまま、湯船の中に体を沈め、シャワーを浴びる湊を見上げる。

学生時代は漕艇《そうてい》部に所属していたという湊は、筋肉質でしなやかな体つきを大学を卒業して十年経っても維持している。夕妃だって太っているわけではないが、湊の完璧な体を見ていると、もう少し痩せたほうがいいだろうか、と思ってしまう。

「髪、伸びたよな」

湯船の中で向かい合わせになった湊がどこか感慨深い様子で、クリップで留めきれなかった夕妃の濡れた髪をすくい、耳にかける。

「育ち盛りだから？」

とはいえ、大人になってほとんど身長は伸びておらず、身長が百八十センチを超えている湊とは違い、夕妃は一般女子の平均だ。

「まだ育つ気なのか」

湊は苦笑して、そのまま夕妃の頬に音を立ててキスをした。

「私も鍛えようかな」

「急にどうした。まぁ、適度な運動は体にもいいから、止めないが……」

そう言いながら、湊は思案するように目を細める。

「また誰かになにか言われたのか」

湊に体を抱き寄せられた夕妃は、心配させたのだと気づき、慌てて首を振った。

「ううん、言われない。大丈夫。遅くなったらタクシーに乗ってるし、絡まれたりしてない」

独身の頃、夕妃はよく通勤電車で痴漢にあっていた。夜が遅いと酔っ払いに絡まれることも多かった。おとなしそうな顔立ちで、なおかつ童顔なせいだとわかっているが、いろんなコンプレックスが夕妃の中で渦巻いていた。

だが湊と結婚してそのコンプレックスもなくなった。

湊が丸ごと愛してくれるから、自分が揺らがなくなったのだ。

風呂を出て髪を乾かし、チキンサラダとコンソメスープを食べた。先に帰った湊が、夕妃のために作ってくれていた夕食はとても美味しかった。

時計の針が深夜を指す。だがベッドに入っても、すぐには眠らない。ヘッドボードにもたれるように並んで座り、明かりはつけたまま、それぞれにやりたいことをやり、話しながらゆっくり過ごす。今晩は、湊がタブレットで世界各国の新聞を読んでいる隣で、夕妃はのんびりと編み物をしていた。

「それ、靴下？」

湊が興味深そうに、夕妃の手元を見つめる。

「うん。母子でお揃いにしようと思って」

といっても、夕妃のものではなく、湊の親友であるエール化粧品専務、不二基《ふじもとい》の妻へのプレゼントだ。

「そういや基が、お前んとこも子供を作れって、会うたびうるさいんだよな」

湊が苦笑しながらタブレットの電源を切り、ベッドサイドのテーブルの上に置く。

基と湊は中学生の頃からの親友で、公私ともになんでも言い合えるいいパートナーだ。職場ではふたりの関係は秘密にしているが、親友である基はふたりが夫婦であることを知っている。彼は湊よりも先に結婚して子供ができたので、自分たちのように子供同士を幼馴染にしたいと、そんなことを言ってくるらしい。

「あいつは我儘《わがまま》で自分勝手だから困るよ。デリカシーとか、まったく考えないんだから」

そして夕妃の頬にかかる髪を指で耳にかけ、頬にキスをした。

夕妃は編みかけの靴下をベッドサイドのカゴに置き、湊の顔を見上げた。

職場では目が合ってもニコリともしないが、ふたりの家では違う。

「夕妃はいつ見てもかわいいいね」

湊は切れ長の目を細めてふわりと笑うと、今度は前髪をかき分け、額にキスをした。

甘いキス。優しい指先。

大事にされていると毎晩実感する。職場の湊は鬼のように恐ろしいが、家に帰ればひたすら甘い。とろけてしまいそうなくらいに愛される。

（子供かぁ……）

夕妃としては結婚してまだ半年の現状ではピンとこない。それよりも、基についての話を聞くほうがずっと興味があった。普段はクールで冷徹な印象を与える湊だが、親友である基の話題になるとまるで印象が変わる。

（もっと見たいな……）

「基さんにすごく好かれてるんだね」

湊の頬に手を伸ばすと、湊は憮然《ぶぜん》とした顔になったが、そのまま夕妃の手のひらに顔をすり寄せた。

「あいつに好かれたって、別に嬉しくない」

「そうは言っても、湊さんだって基さんのことすごく好きなくせに……でもちょっと妬いちゃうな」

それは素直な気持ちだったが、湊はさらに大げさに目を丸くして、それから唇をへの字にした。

「とんちんかんとはいえ、嫉妬の相手が、よりによって基か」

そして夕妃の後ろへと移動し、後ろから包み込むように抱きしめると、耳の後ろに唇を押しつけた。

「俺は夕妃にだけ愛されていればいいよ」

当然の流れで、湊の唇は音を立てて首筋を這う。夕妃の呼吸が次第に乱れていく。

職場では鬼で。ふたりきりの家ではとびっきり甘く。そしてベッドの上の湊は、仕事とは違った意味で意地悪だ。

指と舌でさんざん焦らした後、欲しくてたまらなくなった夕妃に、自分の上にのるように指示する。夕妃は当然恥ずかしくてすぐにそんなことはできないが、結局言葉巧みに誘導されてしまう。

「そんなに気持ちいいの？」

ひとつになってすぐに、湊は妖艶《ようえん》に微笑んだ。とめどなく与えられる快感に息を切らし、体を震わせる夕妃の太ももを、優しく撫でる。

どこかからかうような口調に余計羞恥《しゅうち》が煽《あお》られる。

（下にいるくせに偉そうだ……）

そう思いながらも、逆らえない。こんな湊を知っているのは、自分だけだ。そして夕妃が自分をさらけ出せるのも湊だけだ。だからひどい恥ずかしがり屋なくせに、湊の甘い意地悪に、半泣きになりながらも頑張って応えてしまう。

こくりとうなずいて、それから目をつぶると、目じりから涙がこぼれ落ちた。

その涙が顎下から落ちる瞬間、湊の指がそれを拭《ぬぐ》った。

「俺が泣かせたって思うと、興奮する」

その言葉が真実なのは、自分の中でまた大きくなる湊が証明していた。

「いじわる……っ」

湊はそのまま倒れ込んでくる夕妃を受け止めながら、上下の体を入れ替える。

「こういう俺を素直に受け入れて、甘やかしているのは夕妃だよ」

そして汗で頬に張りついた髪を優しく丁寧に取り除きながら、湊はさらに強く夕妃に体を押しつける。まるで心の奥まで力ずくで分け入ってくるような湊の行為に、全身に甘くしびれが広がっていく。

「君を守るために結婚すると言いながら、本当は最初から欲しくて欲しくてたまらなかったんだ……愛してるよ、夕妃……俺が絶対に君を守ってみせる……」

守るという言葉は夕妃に安心を与えてくれる。ここにいていいのだと気持ちが安らぐ。

「湊さん……」

「夕妃……愛してる」

そして湊は、優しく夕妃の顔中に音を立ててキスをする。

何度も、何度も……。


翌朝、先に出勤したのは夕妃だ。会社に着くと、社長室のデスクの上に、昨晩作成した資料をプリントアウトして置いた。

午前中、本社会議に出席していた湊は、戻ってきてすぐにそれを見たらしい。資料片手に秘書室にひょっこりと顔を出した。

「あ、社長」

恭子が思わず腰を上げる。夕妃も仕事の手を止めて慌てて立ち上がった。

湊の視線が夕妃に注がれる。ふたりきりの時に見せるような甘さはそこにはない。

緊張している夕妃に湊は静かに声をかけた。

「よくできてますね。ありがとうございます」

そしてすぐさま身を翻し、秘書室を出ていく。

「よかったねえー、夕妃ちゃんっ!」

「はいっ」

恭子がはしゃぎ、夕妃もホッと胸を撫で下ろした。

「ってか、社長って、プライベートでもああなのかしら……。結婚したとしても、完璧主義で……亭主関白よね、きっと。お茶も自分で出さないわ。お風呂で背中を流させそう……。どんな女の人と付き合ってるんだろう。ちょっと興味あるわ」

恭子の軽口に、夕妃は苦笑しながら「そうですね」とうなずいたけれど、心の中では否定していた。

家での湊は恭子の想像とはまるで違う。彼は夕妃のために食事を作り、お風呂だって入れてくれる。

職場の神尾湊も、夫の神尾湊も、どちらも本当の神尾湊だ。だから夕妃は、エールマーケティングで働いている時は、湊に認められたいと思うし、褒められるとすごく嬉しくなる。夫婦ではなく、上司と秘書でいられる時間を、とても大事に思っている。

(湊さん、笑ってた……)

そう、扉から出ていく際、ほんの少しだけ湊が微笑みかけてくれたのだ。

これもふたりの大事な時間——。


(今日のランチは当たりだったなぁ……)

とある日の昼休み。会社の近くでいい店を開拓できた夕妃は、ホクホクしながら会社に戻り、化粧室へ向かう。

(確か『チェーロ』ってお店だったよね……近いうちにまた行かないと!)

化粧室で歯磨きを済ませてメイクを直していると、入り口付近から女性社員たちの話し声が聞こえてきた。

「そういえば聞いた? うちの社長、そろそろ本社に戻されるかもっていう話」

聞いたこともない話に、リップブラシで口紅を塗る夕妃の手が止まった。

(どういうこと!?)

「なんでも海外の営業統括に抜擢されるんじゃないかって」

「せっかくの目の保養がいなくなるなんてショック!」

「だよねー。とはいっても、ここだってまだ立ち上げて一年かそこらだし、早くても来年以降なんじゃない?」

　おそらく奥に社長秘書である夕妃がいるとは気づいていないのだろう。ふたりのおしゃべりは止まらない。

「本当に戻されるんだったら、社長に玉砕《ぎょくさい》覚悟で告白する女子社員多そうだわ」

「あんたも?」

「ふふっ、それもありかもね。彼女になれなくても、一度抱いてもらえたら、いい記念になりそうだし」

　彼女たちは楽しげに笑って、そして出ていった。

(玉砕覚悟で告白なんて……しないでほしいんですけど!)

　夕妃はパウダールームで憤慨《ふんがい》する。

　もちろん湊が、ほかの女性に告白されたりして、よろめいたらどうしようなんて本気で思っているわけではない。

（それは湊さんにとても失礼だもの）

彼のスペックからして女性の目を引くのも当然だと思うが、そんな湊が自分の意志で、いろいろと面倒を抱えている夕妃にプロポーズしたのだ。夕妃にとって、湊の選択を信じないということは、今のふたりの幸せを侮辱《ぶじょく》することになる。

（湊さんがモテるなんて前からわかってたことなんだから……こういうこともあるってある程度は割り切らないと……）

夕妃に他人の気持ちをどうこうすることはできない。

とりあえずそう自分に言い聞かせ、思考を仕事モードへ切り替えることにした。


仕事を終え帰宅後、夕妃は夕食の準備に取りかかった。

（今日は和食にしよう。白菜があるし……豚バラと……あと大根はふろ吹きにして、それと……）

手際よく台所仕事を終えて壁にかかっている時計を見上げると、八時を回ったところだった。キッチンのカウンターに置いてあるスマホをチェックする。

特に帰りが遅くなるというような連絡は来てないので、間もなく湊も帰ってくるだろう。ついでに弟の朝陽に、今度の休みに会わないかというメッセージを送ったところで、玄関でチャイムが鳴った。

「おかえりなさーい」

インターフォンで外に立っている湊を確認すると、パタパタとスリッパの音を廊下に響かせながら、玄関へと向かい、ドアを開けた。

「ただいま」

ドアが開くと同時に体を滑り込ませてきた湊は、そのまま片手で夕妃の腰を抱き寄せる。黒のカシミアのコートに深緑のマフラーを巻いた湊の体はひんやりと冷たかった。

「車じゃなかったの？」

「途中で降ろしてもらって、五分ほど歩いた」

湊がもう一方の手で、小さな箱を夕妃の頭上に掲げる。それを見て、夕妃は目を丸くした。湊がにやりと笑う。

「好きだろ？」

「あーっ！」

思わず夕妃が絶叫してしまったのも無理はない。その箱の中身はマンションの近くにある有名パティスリーのマカロンで、夕妃の大好物だった。しかも一個五百円もする高級品なので、夕妃はとっておきの日にしか食べないよう決めている。

「よく買えたね」

箱を受け取って、夕妃は頰を緩ませた。

「取り置きの電話をしてた」

客先に持っていく仕事の菓子は秘書である夕妃に買いに行かせるが、妻のためにはわざわざ自ら取り置きの電話をし、店に寄ってくれるのが湊という男なのだ。

「気の利く夫にご褒美《ほうび》は？」

「美味しいご飯ができてますよ」

「そうじゃないだろ」

湊はクスクスと笑いながら、そのまま夕妃に口づける。チュッと音がして、湊は両腕で夕妃の腰の後ろで手を組んだ。そして低くて甘い声でささやく。

「たくさんキスして」

「た……たくさん？」

たくさんとはいったいどのくらいの回数のことを言うのか。いや回数ではなくて時間で言っているのだろうか。湊がどうとでもとれるような言い方をするのは、いつものことだが、夕妃は目を丸くした。

「そうだよ。たくさん……」

そう言いながら、湊の唇が強く夕妃の唇を吸い上げる。それから舌が歯を割って口の中をゆっくりと這う。

「ん……っ」

「好きだよ、夕妃」

キスと甘い言葉に全身にしびれるような快感が広がって、ほのかに甘い口内が緩やかに侵されていく。

湊とするまで、夕妃はキスがこんなに気持ちがいいものだと知らなかった。

(なんだかこのまま流されてしまいたい気分……)

今日会社で女の子たちが、湊が本社に戻るんじゃないかと噂していたこととか、せっかく作った夕食が冷めてしまうとか、いろんな現実が頭をよぎったが、どうでもよくなってしまいそうだ。

そうやって、しばらくうっとりと身を任せていた夕妃だが、突然ピリッと舌先に痛みが走り、発作的に唇を離し、湊を押し返していた。

「——どうした?」

怪訝そうに湊が顔を覗き込んでくる。

「お昼にヤケドしたこと忘れてた」

「ヤケド?」

「うん。ランチで食べたスープがすごく熱くて」

すると湊は夕妃の顔を両手で包み込むようにして固定した。

「見せて」

「え?」

「ほら、口開けて」

甘いキスの時間が一転して、なんだかおかしな雰囲気になるが、夕妃は素直にうなずいて、口を開けた。湊の目線が自分の口元に向けられている。

「……暗くてよく見えないな。舌、出してごらん」

「なんだか恥ずかしい気がしてきたから、やだ」

よくよく考えてみれば、この動作もなんだか意味深ではないか。頬が熱くなっていくのが自分でもわかる。夕妃はサッと口を閉じ湊から離れると、キッチンへと向かった。

「さて、ご飯、ご飯」

抱き寄せられて乱れたエプロンの紐を後ろでしばり直す。

「こら、やだじゃないよ。見せなさい」

後ろから靴を脱いだ湊が笑いながら追いかけてくるが、笑って無視することにした。

食後、ソファでブランデーを飲む湊の隣で、夕妃もコーヒーを飲みながらくつろいでいた。

「あのね……実は今日、湊さんがもうすぐ本社に戻るんじゃないかって、噂聞いたんだけど。海外に行くんじゃないかって」

心に引っかかっていたことを口にすると、湊はかすかに眼鏡の奥の瞳を見開いた。

「ああ……まぁ、いずれはそうなるけど海外に関しては〝もうすぐ〟ではないな」

湊は持っていたグラスをローテーブルの上に置いて、夕妃の顔を覗き込む。

「夕妃だって、朝陽くんが成人するまではそばにいたいだろう?」

「うん……」

朝陽はまだ高校生だ。進学校に通っていて今は寮住まいをしている。

ふと、思い出す。

湊と初めて出会ったあの日。夕妃は生まれて初めて、人生を投げ出そうとしていた。

心のどこかでおかしいと思いながらも、『いや、これでいいんだ』と思い込もうとしていた。朝陽の気持ちも考えず、勝手に、これで自分以外のみんなが幸せになれるはずだと願っていた。

けれどそれは最愛の弟を深く傷つける行為でもあって——。

流され、迷いながらも結局、夕妃は敷かれたレールから飛び降り、回れ右で違う道を走り出したのだ。そして湊に恋をして、恋人期間ほぼゼロのまま結婚し、今に至る。

「——夕妃？」

湊が黙り込んだ夕妃の顎のラインを指で撫でて、持ち上げる。そして親指で優しく下唇の表面をなぞる。

「なにか不安なことがあるのか。どんなことでも、我慢しなくていい。不安は口にしていいし、俺にすべてぶつけてくれ。そのために結婚したんだろう」

不平や不満を口にせず我慢する癖が身についている夕妃のことを、湊はよく理解していた。

「あのね、実はね……」

夕妃はこくりとうなずいて、湊の背中に腕を回し、広い胸に頬を押しつけた。

「社員の女の子が、湊さんが本社に戻る前に玉砕覚悟で告白しようかなって話してて。冗談ってわかってるし、湊さんはそんなことでふらついたりしないって理解してるのに、不安になって……」

そして夕妃ははあーっとため息をつく。

「言葉にするとたいしたことないのに、なんとなく引きずってて」

「なるほど。確かにそういう日もある」

夕妃の後頭部を湊の大きな手が撫でる。まるで〝いい子いい子〟されているような感じで、くすぐったいが、湊がこういうふうに甘えさせてくれると、それだけですべてのストレスが霧散《むさん》していく気がする。

「――ありがとう」

ぽつりと呟くと、湊はクスッと笑って、そのまま夕妃の額に唇を押しつけた。

「夫婦なんだから。お互い様だろ」

「うん……ありがとう」

そして湊は、そのまま夕妃ともつれるようにソファに倒れ込んだ。

ソファからベッドに移動して、長い時間をかけて抱き合った後、

「あ」

湊が唐突に、声をあげた。彼の腕の中でうとうととまどろんでいた夕妃は、何事か

とまぶたをこすりながら目を開ける。

「どうしたの……?」

「出張」

「え……しゅうちょう?」

「酋長《しゅうちょう》じゃない、出張だ。明日から二泊三日で、大阪《おおさか》出張だった」

「――えっ!」

その言葉にようやく目が覚めた夕妃は、裸の胸にシーツを引き寄せながら、上半身を起こした。

眼鏡を外した素顔の湊は、両手で顔を覆って、面倒くさそうにため息をつく。

話を聞くと、今日出席した会合を主催した名物会長に、急きょ誘われたという。

(明日から二泊三日で、出張……!)

朝一番で、明日からの二日間の予定を変更しておかなければならない。夕妃の頭は即座に甘い夫婦の時間から湊のスケジュール管理にタスクが切り変わった。

「何時の新幹線です?」

「いや、飛行機だ」

湊はため息をつきつつベッドから下りると、ナイトガウンを羽織って肩越しに夕妃を振り返る。

「悪いけど一緒に来てくれるか」

「それは……秘書として？」

念のため尋ねると、湊は肩をすくめる。

「そうだ」

「わぁ……」

思わず感嘆のため息を漏らす夕妃だが、湊は苦笑して髪をかき上げた。

「遊びに行くんじゃないんだぞ」

「わかってますって。もちろん秘書として、一切のプライベートを挟むことなくお供します」

湊はなんだか憂鬱《ゆううつ》そうだが、いまだかつて、社長に同行しての出張というのは一度もなかったので、ワクワクするなというほうが無理だろう。

（こんなこと言うと湊さん呆れるかもしれないけど新婚旅行みたい！　楽しみ！）

夕妃はこっそりと微笑んだ。

上司と部下で、出張お泊り

　翌朝、湊と夕妃は朝の七時に空港のファーストクラスラウンジにいた。今回は大阪までなのでビジネスクラスなのだが、湊は最上級のプラチナ会員なのでいつでもラウンジを利用できるのだ。ネイビーの三つ揃えのスーツの湊と、ベージュのスーツの夕妃は、どこからどう見ても仕事関係で、ふたりの間に甘い雰囲気はない。

「コーヒーをどうぞ」

　湊の前のテーブルにコーヒーを置く。

「ありがとう」

　湊は一瞬顔を上げると、カップを手に取って口元に運んだ。

　ラウンジのゆったりしたソファに座り、タブレットを操る湊の眼差しは真剣だ。そんな彼を見て、出勤前にキスをしたことが嘘のような気がしてくる。

（出張かぁ……なんだかドキドキするなぁ……）

　湊の邪魔をしないように少し離れたテーブルでシステム手帳を広げた。

（えっと……こっちのA社関係の連絡は恭子さんに任せて、B社のほうは大阪に着いてから、直接向こうの秘書室にお電話したほうがいいかな……)

そこでスマホがメールを受信する。会社の社内用メールアドレスから転送されてきたもので、恭子宛のメールにCCで夕妃が入っていた。今日から夕妃を伴い二泊三日で関西入りであること、東京《とうきょう》での予定をすべて変更するという湊からの業務連絡だった。

(恭子さんにお土産買って帰らないと……)

そんなことを考えていると、今度は朝陽からのメッセージが来た。

【おはよー！　週末会える！】

弟の言葉に、夕妃の顔は一気にぱーっと明るくなった。

【よかったー。お姉ちゃんは今から出張だから、また金曜日にでも電話するね】

【出張？　大丈夫なのかよ】

【大丈夫なのって失礼な！　社長のお供なんだからバリバリ秘書してきますよ。あと、お土産も買ってくるね】

夕妃はニコニコと微笑みながら返事を打つ。

【質より量だぞ】

【了解。勉強頑張ってね】

【ＯＫ】

朝陽が愛用しているうさぎのスタンプが親指を立てながら跳ねる。

ふふっと笑って、スマホをバッグにしまい込んだ。

「――楽しそうですね」

「えっ？」

顔を上げると、斜め前のひとり用ソファに座っていた三十代半ばくらいの男性が、夕妃を見て笑っていた。湊と同じように、組んだ膝の上にタブレットを乗せている。

フルオーダーらしい仕立てのいいスーツに身を包み、全身からみなぎるような気迫を感じる。異国の地を感じさせる華やかな顔立ちで、ハーフかクォーターなのだろうか、かすかに浅黒い肌をしていた。

（にやにや笑ってるところを見られてしまった……）

「すみません、その、弟がかわいくて……」

（って、なに言ってるんだろう、私。恥ずかしい）

夕妃は頬が熱くなるのを感じながら、小さく頭を下げた。

「いえ」

彼はクスッと笑って、それから組んでいた脚を下ろす。

「失礼ですが、笑うあなたがかわいらしく見えて、つい声をかけてしまいました」

（かっ……かわいらしいって……）

朝早い空港のラウンジで、赤の他人にかわいいと言われるとは思わなかった。

自分に自信がある男は、こういう状況でリップサービスを厭《いと》わない傾向がある気がする。ちなみに湊もそうだし、湊の親友である不二基もそうだ。

「お仕事ですか？」

「はい」

夕妃はうなずきながら湊のほうに視線を向ける。

湊は誰かと電話で話していて、この状況には気づいていないようだ。だが助けを呼ぶほど困っているわけではない。向こうからしてもただの世間話だろう。

とりあえず女ひとりではないという意思表示のつもりで、

「ボスの出張に同行しています」

そう答えると、彼もまた夕妃の目線を追って湊を見つけた。

「そうなんですね」

かすかに思案顔になったのは、湊の顔に見覚えがあるからだろうか。だがすぐににっこりと笑って腕時計に目を落とし、「ではまたどこかで」とソファから立ち上がりラウンジを出ていった。夕妃も会釈をして男を見送る。

(さすがにどこかで会えることなんてないだろうけど……でも、成功している人ってやたら人懐っこかったりするんだよね。本当に会えたりして)

飛行機は一時間で大阪に着くが、搭乗手続きなどを含めるとそれなりに時間がかかる。新幹線とそう時間が変わらないのになぜ飛行機を選んだのだろうと思っていたが、どうやら連れがいるらしい。

「みっなとー、久しぶりー！」

大阪の空港に着いて三十分ほど喫茶室で時間を潰していると、待ち合わせの相手らしい男が、にこやかに近づいてきた。すらりとした長身を黒のロングトレンチコートで包んだ、甘い雰囲気の美男子だ。

夕妃も、彼のことは湊から飛行機の中で聞いていた。

山邑始《やまむらはじめ》。年は湊のひとつ上で、世界中にリゾート展開をしている『山邑リゾート』の副社長だ。どこか掴みどころがない風情だが、ここ十年で山邑リゾートを大きくしているのは彼だという。とても優秀な男らしい。

「始さん、お久しぶりです」

湊が立ち上がるのと同時に、夕妃も立ち上がって頭を下げた。

「ほんとお久しぶりだね。えっと……」

思案顔になる始に湊が補足する。

「小鷹《こたか》さんの披露宴以来ですよ」

「ああ、もうそんなになるんだ」

(小鷹さんって、老舗寝具メーカーの『KOTAKA』の御曹司のことかな……)

名前は知っているが、もちろん少し前まで普通のOLだった夕妃に面識はない。

だが湊と始が学生時代の先輩後輩の関係なら、KOTAKAの御曹司もそれに近い関係なのかもしれない。

軽く雑談した後、始は湊の隣に緊張して立っている夕妃に目線を向けた。

それを受けて夕妃が挨拶をしようとしたら、湊が先に口を開いた。

「彼女は俺の妻です。ですが今日は秘書として同行していますので、ここだけの話にしておいてください」

湊の言葉に夕妃はハッとして、「初めまして、妻の夕妃です」と頭を下げた。

(なるほど、仕事の付き合いはあるけれど、それ以前に先輩後輩だから、妻って紹介するんだ)

あまりこういう場で妻と紹介されたことがない夕妃は、それだけでそわそわと気恥ずかしい気分になる。だが始はいたって明るく笑顔になった。

「ああ、君が噂の奥様かぁ。会えて嬉しいよ」

「噂？」

夕妃が首を捻ると、

「神尾湊がどっかから誘拐してきたって聞いたね」

確かに自分と湊の出会いはセンセーショナルだったが、それがどうしたら誘拐ということになるのだろうか。

一瞬真顔になったが、そのあたりをもう少し詳しく聞きたいと思ったところで、

「なにバカなこと言ってるんですか、始さん」

湊が鼻で笑って終了させてしまった。そして腕時計に目を落とす。

「そろそろ出ないと間に合いませんよ」

「はいはい、わかったわかった。じゃあまた後にでも」

始はわざとらしく夕妃にパチンとウインクをする。後で話すと言われているのだろうか。

夕妃はドキドキしながら、立ち上がって歩き始めた湊と始の後を追いかけた。

梅田《うめだ》のホテルで行われたランチ会という名の、東西の若手社長を集めた懇親会は三時間ほどで終了した。たったこれだけのために東京から呼ばれたのかと思うと拍子抜けだが、こういう時間の積み重ねが新しい仕事に繋がるのかもしれない。

夕妃はホテル内の別室で食事をとり、いつも通りPCで仕事をこなした。場所が変わってもPCさえあれば大抵のことはできる。

そしてランチが終わったと聞き、会が行われていた展望レストランに向かった。

老舗《しにせ》ホテルの展望レストランは見晴らしがよく、個室ではないが観葉植物で区切られた奥で談笑する声が聞こえる。そっと顔を覗かせるとそこには総勢三十人ほどのスーツ姿の男女がいて、和気あいあいとした雰囲気だ。

「三谷君」

夕妃の姿を目ざとく発見した湊が軽く手を挙げる。彼のそばには始の姿もある。

「はい」

湊のもとへと向かうと、彼は夕妃を連れて談笑の輪から離れ、窓際に立つ。ふたりの前には薄い水色をした青空が広がっていた。仕事の指示だろうと判断した夕妃は手帳を広げた。

「これから京都《きょうと》に行くことになりました」

（ふぅん……次は京都かぁ……本当に目まぐるしいなぁ……）

「ですがあなたは来なくてよろしい」

わざわざ東京からここまで来たのに、京都にはついてこなくていいと言われるとは思わなかった。

「えっ……？」

夕妃は目を丸くして湊を見上げるが、湊は特にこの場で説明する気はないようだ。

シルバーフレームの眼鏡を指で押し上げた後、「自由に過ごしてくださって結構ですよ」と、さらりと告げ、踵《きびす》を返しまた集団の中へと戻っていった。

（自由に過ごしていいって、どういうことっ？　私が自由に過ごしている間、湊さんは京都でなにをしているの？）

ものすごく問いつめたい気分になったが、今回の出張に関しては、夕妃自身、『一切プライベートは差し込まず秘書に徹してお供する』と湊に宣言している。

とてもこの状況で真意を問うことはできなかった。


「自由に過ごしていいって言われてもなぁ……」

まさか出張先でオフになると思っていなかった夕妃は、ホテルからハイヤーに乗り込んだ湊を見送った後、スーツ姿のままホテルの喫茶室でコーヒーを飲んでいた。

関西に親しい友人でもいれば声をかけることもできたかもしれないが、残念ながらそんなあてはない。だがホテルの喧騒の中、コーヒーを飲むだけでこのままボーッと一日を過ごすのももったいない気がした。

(朝陽くんのお土産、探しに行こうかな。いやでも三日目の朝でいいよねぇ……荷物になるし)

忙しそうに行き交う人々を眺めながら、そんなことを考えていると、

「あれ、ゆうちゃんどうしてここにいるの？」

頭上から軽い声がした。

(ゆうちゃん？)

顔を上げると、なんとそこに始が立っていた。

「山邑様？」

夕妃は驚いて腰を浮かしかけた。

「てっきり湊に同行したんだと思ってたよ。ここ座ってもいい？」

始はにこやかに笑って、夕妃の前のソファを指さした。

「もちろんです。あの、私も山邑様は社長と一緒に行かれたものだと……」

「まぁ、あれだけの人数がいたら俺みたいなのもいるってことで」

（要するに山邑様はイレギュラーで、あえて行かないほうを選んだってことかな？）

夕妃は、通りがかった給仕にコーヒーを注文する始をテーブル越しに眺めながら、そう判断することにした。

「っていうか、〝山邑様〟って固いよね。俺は〝ゆうちゃん〟って呼ぶから〝ハジメちゃん〟って呼んでほしいなぁ～」

「それはちょっと……さすがに」

夕妃は笑いながら首を振った。

ゆうちゃんと呼ばれるのも小学生以来だが、全体的にふわふわした軽いノリの始に言われると、つい流されそうになる。こうやって人との間合いを詰めてくるのが、山邑始という人物なのかもしれない。

「じゃあせめて〝様〟はやめてくれる？」

「わかりました」

夕妃はうなずいて、それから改めて問いかけた。

「山邑さんはこの後東京に戻るんですか？」

「いや、俺も夜には京都に行くよ。御大《おんたい》に集まれって言われたら集まらないわけにはいかないし。義理人情ってやつだよ」

御大というのは、今回の関西入りを決めた取引先の会長のことで、会長の出身地は京都なのである。

「あの……京都でなにがあるんでしょうか。私、同行しなくていいって言われちゃって」

すると始は、「ははーん」と、得心《とくしん》したというふうにうなずいた。

「たぶんお座敷遊びとか連れていかれるやつだ」

「お座敷遊び？」

夕妃が首をかしげると、始は苦笑して長い脚を組み直す。

「簡単に言ってしまえば、京都の料亭でね、舞妓さんとか芸妓とか呼んでさ」

「はぁ……歌舞伎役者か政治家みたいですね」

夕妃の言葉に、「あはっ、そうだね」と始は笑いながら膝を叩く。

「最近の若い奴は遊び方も知らん、とか言われちゃうんだよね。確かに俺たちの接待って、祇園《ぎおん》でも銀座《ぎんざ》でもないし」

「どこに行くんですか？」

見解」

「六本木《ろっぽんぎ》かなぁ……って、やばい、湊がどうかは知らないよ、あくまでも俺の個人的見解」

わざとらしく、キリッとした表情を作る始に、夕妃もクスッと笑ってしまう。

「大丈夫ですよ。妬いたり拗ねたりしませんから」

湊にも付き合いがあることは理解しているし、プロの女性相手に嫉妬はお門違いだとはわかっている。だが始はそんな夕妃の言葉に不満そうに唇を尖らせた。

「それはそれでつまらないなぁ……」

「妬いてほしいんですか？」

嫉妬深い女は嫌われるというのが定説ではないだろうか。湊とは年が離れているので、夕妃はあまり子供っぽいと思われないよう常日頃気をつけているのだ。

「適度なジェラシーは、恋のスパイスだよ」

始は目を細めて笑い、そして給仕が運んできたコーヒーを口元に運んだ。

「――ってかさ、俺、ゆうちゃんと湊がどんなふうに出会って、こういうことになったのか教えてほしいなぁ。それとも内緒の話？」

始の好奇心に満ちた瞳がキラキラと輝く。けれど不思議と下世話な感じがしない。きっと始のキャラクターのおかげだろう。

「いえ、そういうわけではないです。知っている人もいるし……それに山邑さんなら大丈夫ですよね」

「もちろん、言いふらしたりなんかしないよ」

夕妃はコーヒーをひと口すすって、それから目の前の始を見つめた。

「湊さんと出会ったのは今年の春……私、逃げていたんです。そして湊さんに出会いました」

「……逃げていた？」

想像もしていなかったらしい出だしに、始の茶色い目が大きく見開かれた。

逃走した日曜日　～上司と部下になる前のふたり～

朝陽に担がれて結婚式から逃げ出した夕妃は、逃走途中に事故に遭った。

いや、むしろ事故を起こした側というべきか……。

目を覚ますと、頭上には白い天井が広がっていた。

見たことのない景色になんとなく視点が合わないような気がして、目を凝らす。

（ここは……）

「ねえちゃんっ……！」

岩のように大きな朝陽が、夕妃の顔の前にいきなり現れる。

「よかった、目覚ました！」

よく見れば、目が真っ赤だ。

（朝陽くん……泣いてるの？）

夕妃は驚いて朝陽の頬に手を伸ばし、名前を呼ぼうと口を開く。

「あっ、ああ、あ……」

だが、口を開いた瞬間出てきたのは、ひきつるような音だけだ。

（あれ……？　なんだか、声が……変……）

思わず喉のあたりを指で触れると、ベッドに両腕をついて夕妃を見下ろしていた朝陽が、怪訝そうな表情になる。

「どうしたんだ……!?　どっか痛いのかっ!?　くそっ、どこも悪くないって言ってたのに……っ！　先生呼んでくる！」

それから夕妃はいくつかの診察を受けた。声が出ないことに病名がついたのは、すでに日が暮れかけた頃だった。

「発声器官に異常はありません。脳に障害もないことは検査済みです。おそらく失声症でしょう。女性がかかることが多く、いわゆる脳の障害による失語症とは違います。過度なストレス、そして強いショックが原因です」

精神科の女医の言葉に、夕妃は目を丸くした。隣に座っていた朝陽も息をのむ。

「それって……治るんですか」

「服薬やカウンセリングが効果的ですから、根気よく治療しましょう」

「ストレス……」

朝陽が思いつめたように口をつぐむ。

（朝陽くん、もしかして自分のせいだって思ってる？）

たまらなくなって夕妃は朝陽の膝に手を伸ばしていた。夕妃はいつものように『気にしなくていい』と言いたくなったが、言葉が出てこなかった。慰めすら口にできない自分に、また自然と落ち込んでしまう。

朝陽はハッとして顔を上げたが、無言の夕妃を見てまた悲しそうな顔になる。

どんよりと診察室に暗い空気が流れた。

「明日から治療を開始しましょう。治らない病気ではありません」

「はい……」

優しげな女医の言葉に朝陽はうなずき、そして膝の上の夕妃の手を握り返した。

診察室を出ると、ドアの目の前にスーツ姿の男性が、壁にもたれるように腕を組み立っていた。年は三十くらいだろうか。夕妃の同世代の男性より、ずっと落ち着いた雰囲気がある。朝陽ほどではないが、百八十センチを超える長身で手足はすらりと長く、サラサラの黒髪で息をのむほど端正な顔立ちをしているが、それをわざと隠すようにシルバーのフレームの眼鏡をかけていた。

夕妃は一瞬、素敵な人だな、と他人事のように見とれかけて、次の瞬間にハッと思い出していた。

（大変！　この人、車の運転手だ！　謝らなくちゃ！）

朝陽から聞いたのだが、朝陽に担がれていた夕妃はなんと彼の運転する車のボンネットの上に落ちたらしい。横断歩道の直前でスピードを落としていたことが幸いし、夕妃はアスファルトで頭を打つこともなく、怪我ひとつしなかった。彼のおかげで大事故にならなくて済んだのだ。

だが一応事故は事故ということで、運転手の彼が警察と救急車を呼び、ショックで気を失ってしまった夕妃を、この知り合いの病院に連れてきてくれたのだとか。

（なにもかも自分が悪い……本当に申し訳ない……）

夕妃は泣きたい気分になりながらも、慌てて彼の前に出て、頭を下げていた。

ご迷惑をかけて申し訳ございません――。そう言うつもりだった。

だが夕妃の唇から漏れるのは「あっ……う……っ……」というひっかかった声だけで、胃の痛みからくるものとは違う吐き気がこみ上げてきた。

（あ、そうだ。声、出ないんだ……）

落ち込みながら顔を上げると、彼は組んでいた腕をほどき、それから労わるように夕妃の肩に手をのせた。

「話はまた明日にしましょう。ここは私の親族が経営する病院ですから、安心して休んでください」

そして通りがかりの看護師に夕妃を部屋まで送るように声をかけた。

「――それと、弟さんと少し話をさせてください」

(え……?)

まさか訴訟だなんだという話になるのではないかと、夕妃は怯えたが、隣に立っていた朝陽が「大丈夫だよ、姉ちゃん。事故の時の話の続きをするだけだから」と、励ますように笑顔を浮かべた。

(本当に? 大丈夫なの……?)

思わずオドオドと、彼と弟を見比べる夕妃だが、結局朝陽に背中を押され、病室に戻ることになった。

(朝陽くん……大丈夫かな……)

夕妃はベッドに潜り込んで、緊張した状態で天井を見上げていた。

朝陽は文武両道を絵に描いたような優等生で、現在通っている高校でも成績は上位で頭もいいのだが、夕妃が絡むと冷静さを失うことがある。おかしなことを言い出さないかと心配になった。

目を閉じると、朝陽と一緒に別室へと向かっていった眼鏡の彼の姿がまぶたに浮かぶ。

(そういえば名前すら聞くのを忘れていた……。いや、声が出ないから聞けないんだけど……)

ため息をつきながら、両手で顔を覆った。

結婚式から逃げ出した。見ず知らずの人を巻き込んで、こんなことになったあげく、声も出なくなった。

(この先、どうなるんだろう……)

漠然とした不安に押し潰されそうになりながら、夕妃はベッドの中で丸くなる。じんわりと涙が浮かんだが、そのまま枕に頬を押しつけていた。

それからしばらくして——。

「姉ちゃん、起きてるか」と、朝陽の声がした。夕妃が体を起こす気配を感じ取ったのか、ゆっくりとドアが開いて病室内に明かりが灯る。朝陽がひとりで入ってきて、ベッドのそばに置いてあった椅子に腰を下ろした。

「話は終わったよ」

その言葉に、夕妃は眉をひそめつつ辺りを見回し、小さなテーブルの上にブロックメモを発見した。ボールペンと一緒にそれを取り、言葉を書きつける。

【なんの話をしたの？】

朝陽は手元のメモを覗き込んだ。

「姉ちゃんがクソみたいな男に見染められて、俺の将来と引き換えに結婚しようとしたから、結婚式の途中で逃げてきたってこと」

「……っ⁉」

【そんなことまで話したの⁉】

いくら本当のこととはいえ、それはとても他人に話せる内容ではないはずだ。

だが朝陽はたいして悪いと思っていないのか、あっけらかんと言葉を続ける。

「だって仕方ないだろ。姉ちゃんドレスだったんだから嘘のつきようがないし。あいつら今だって俺たちのこと探してるかもしれないし。見つかったりしたら、姉弟でどんな目に遭わされるかわからないっていう話をしたんだ。そしたら同情してくれて、とりあえず俺もここに好きなだけいていいって。よかったよ」

アハハと笑いながら朝陽は椅子の背にもたれたが、もちろん夕妃は笑えなかった。

【よくないよ！　あの人は無関係でしょっ⁉】

「でも金持ちだ」

【はあー⁉】

夕妃は次々にメモをちぎってゴミ箱に捨てながら、目を剥いた。

「さっき聞いただろ。この病院、親族が経営してるんだって。病室だって特等室だ。貴族の余裕ってやつだよ。ちなみに名前は神尾さん。三十三歳、独身だって」

(神尾さん……三十三歳、独身……)

あんなに魅力的なのに独身なんだ、と一瞬考えてしまった夕妃だが、いやいや恋人がいるに決まっているし、そもそもそんなことを自分が気にしてどうすると、夕妃は青くなったり赤くしながら、ボールペンを強く握った。

【だからってごめーわくかけていいわけじゃないでしょっ!】

「でも俺は、ふたりで野垂れ死にするつもりはないから。言い方は悪いかもしれないけど、利用できるものは利用したい」

朝陽はきっぱり言い放つと、椅子から立ち上がって、夕妃の頭をくしゃくしゃと撫で病室を出ていった。

(朝陽くん……)

結局、自分がふがいないから、こういうことになってしまうのだ。

夕妃は弟の広い背中を見送って、深くため息を漏らす。

(明日から普通に学校があるのに、朝陽くん大丈夫かな……)

胃のあたりがキリキリと痛くなる。天井を見上げつつ、手のひらでさすっていると、またドアがノックされた。

「三谷さん、夕食ですよー」

カートを押して入ってきたのは看護師で、夕妃は体を起こし、すみませんという気持ちで頭を下げる。

「失礼します」

だがなんと、看護師の後ろから神尾が姿を現した。驚いて目を丸くする夕妃に、神尾がニコリと笑う。

「少し様子を見に来ただけです」

(すみません、すみません……!)

また胃のあたりがヒヤッと冷たくなった。だが謝ろうにも言葉が出てこない。

無言でペコペコする夕妃だが、神尾は特に気にした様子もなくテーブルの上に食事を並べて出ていく看護師を見送ると、さっきまで朝陽が座っていた椅子をベッドサイドに近づけて、腰を下ろした。

「うちの食事は、病院食にしては悪くないって患者様にも評判なんです」

神尾の言葉に夕妃は簡易テーブルの上を見る。

白いご飯に、お味噌汁。魚の煮つけに、白和え、カットしたリンゴ。朝からなにも食べていないから胃は空っぽのはずだが、空腹感はない。

「あまり食欲はないかもしれませんが、なにか口に入れたほうがいいですよ」

（確かにその通りだ……）

神尾の言葉に、夕妃は仕方なく箸をとった。どれもひと口ずつ食べて、それからちらっと神尾を見る。夕妃の様子をじっと見ていた神尾がニコリと笑った。

「リンゴはどうですか？」

言われるがままリンゴを口にすると、しゃりっといい音がして、爽やかな甘みと酸味が口に広がる。

（リンゴ……美味しい……）

ようやく美味しいという気持ちを感じられてホッとしたと同時に、夕妃はその瞬間、ぐっと喉が詰まるのを感じた。

リンゴが美味しいのに、声が出ない。目の前の親切な人に、ごめんなさいも言えない。自分ではよかれと思って選んだはずなのに、こんなことになっている。

「……うっ……」

喉が痙攣《けいれん》する。息が通らない。

「ひっ……」

(ダメだ、ここで泣いちゃ。ダメ、ダメ……!)

焦れば焦るほど、目の前の視界が滲んでいく。涙が溢れてくる。慌ててリンゴを皿の上に戻し、両手で顔を隠そうとしたのだが、気がつけばその手を止められていた。

(え……?)

自分の両手が、神尾の片手でやすやすとまとめて掴まれている。

(え、なんで? どうして……)

これでは涙が拭けない。ぽろぽろと泣きながら夕妃は呆然と神尾を見つめ返す。

「朝陽くんにだいたいのことは聞きました。この四年、姉弟ふたりで生きてきたのだとか」

(やっぱり朝陽くん、私たちの生い立ちまで話してたんだ……)

軽く落ち込みながら、夕妃はうなずいた。

「三カ月前にあなたの職場にやってきたのが、今回の結婚相手で、親会社の重役の息子。あなたを一方的に見染めた彼は――オブラートに包まずに言えば、たくさんいる恋人のひとりにしてやろうかと誘ってきた。だがまじめなあなたは、断ったそうですね?」

（朝陽くん、そこまで言っちゃってるの⁉）

神尾が口にした内容は正しい。目を丸くする夕妃だが、彼はさらに言葉を続ける。

「断られたことでむきになった彼は、あなたに逆に執着してしまった。手に入らないと思うと欲しくなる。まぁ、ここまではよくある話です」

神尾はにっこりと微笑みながら、夕妃の手ごと、自分の手を口元に引き寄せる。そしてもう一方の手で、夕妃の頬からこぼれ落ちる涙を拭った。

「ただ彼がゲスなのは、最終的に、あなたの家の状況を調べ上げて、朝陽くんの将来と引き換えに、あなたを得ようとしたことですね」

すべて神尾の言う通りだった。実際、なにもかもが平凡な自分と違って朝陽には将来があった。あちこちの大学からラグビーの推薦入学の話が来ているのだ。

なのに朝陽ときたら『ラグビーは高校で終わり。大学に行くつもりはない』と突っぱねてしまった。就職することが悪いとは言わないが、夕妃は朝陽が本当にラグビーが好きなことを知っているので、とても我慢ならなかった。

（それにしたって、げ……ゲス……）

きれいで端整な笑顔を浮かべる顔立ちの彼から、ゲスという単語が出ると、言葉以上に悪く聞こえて、ドキッとした。

「いくら外堀を埋めたところで、あなたの心が手に入らなければ意味がないでしょうに……違いますか？」

眼鏡の奥の切れ長の瞳が妖《あや》しく輝く。引き寄せられた手に神尾の息が触れた。

そんなはずはないのに、指にキスされたような気がして夕妃は顔が真っ赤になる。

慌てて掴まれていた手をひっこめ、顎先に残った涙を拭いた。

その一瞬、神尾はかすかに目を見開いたが、すぐににこやかな笑顔になった。

「あなたたち姉弟は私が守ろうと思います」

（え……？）

朝陽が神尾を利用しようと考えていることに反発した夕妃だが、まさか当の神尾まで、そんなことを言い出すとは思わなかった。

慌ててブロックメモに書きなぐる。

【弟があなたになにを吹き込んだかはだいたい想像がつきますが、そんなことをしてもらう理由がありませんし、これ以上ご迷惑をかけるわけにはいきません。明日出ていきます】

神尾はまじめにその文字を読み、それから少し思案顔になった。

「理由、ねぇ……」

襟足のあたりを手のひらで撫でつけながら視線をさまよわせる。そしてふと思いついたように、夕妃を見つめた。

「車で猫を轢いたら病院に連れていくでしょう。重大な疾患《しっかん》があるとわかったら、安全な場所を用意し、治るまで看病もする。私はそういう人間です」

（それって……車で轢いた重大な疾患がある猫が……私ってこと？）

【責任ってことですか？】

「そうですよ。あなたが逆の立場だったらどうしますか？　猫を見捨てますか？」

もちろん見捨てるはずがない。夕妃はプルプルと首を横に振った。

「でしょう。きっとあなたは自分にできる範囲で、猫を助けるはずです」

まるで教師と生徒のように、神尾は終始穏やかな口調で、夕妃を諭していく。

「そして私も身の丈の範囲で、あなたたち姉弟を助けると言っているだけです。このまま放り出すなんて、ありえません」

神尾は笑顔のままそう言うと、椅子から立ち上がって夕妃を見下ろした。夕妃はポカンと、半分キツネにつままれたような気分になりながら彼を見上げる。

（変わった人……）

そう思いながらも、妙に心がざわめく。

神尾はどこからどう見ても完璧なエリートで、だから自分とは違う世界にいる人だとわかっているのに、引力のようなものを感じてしまう。

（バカね、私……疲れてるんだ）

彼との間にあるのは、ただの〝責任〟だ。そして彼にはその力がある。まったく気が引けないわけではないが、相談に乗ってもらうのもいいかもしれない。

夕妃はメモに丁寧に文字を書き、そしてまじめな顔をして頭を下げた。

【わかりました。ありがとうございます】

一方の神尾は、上半身を屈めてメモに目を通し、軽くうなずいた後、それからなぜか夕妃に顔を近づけてきて――。

（え、あの……近い？）

首をかしげると同時に、頬に近づいてきた神尾の唇が押しつけられる。

（――へ？）

一瞬なにをされたかわからなかった。だが神尾の顔がゆっくりと離れていくにつれて、彼が今自分の頬にキスをしたのだと、ようやく気がついた。

みるみるうちに、夕妃の顔は真っ赤に染まる。

（な、な、なんでっ……！）

口をパクパクさせると、神尾はクスッと笑って切れ長の目を細める。

「失礼。まじめな顔がおもしろくて、つい」

(ええっ!? つ、ついっ!?)

「ですが猫はかわいがるものですしね」

続けてどこか楽しそうな声でそう言うと、病室を出ていった。

(ま、待って、待って!)

心臓が異常なまでに胸の中で跳ね回り、口から飛び出しそうになる。

この状況で、なぜ自分のまじめな顔がおもしろくてキスする流れになるのか。

(猫みたいにかわいがる……これも〝責任〟の一環ってこと? ものすごーく動物愛護の精神が強いってこと!?)

わけがわからなくなって、夕妃はおかしなことを考え始めてしまっていた。

結婚式から逃げ出したことで、もうこれ以上驚くことはないだろうと思っていた。

だが現実はどうだ。自分が想像しているよりもずっと、大変なことになってしまったのかもしれない。

夕妃は頬に残る神尾の唇の熱に胸をときめかせながら、ごくり、と息をのんだ。

上司と部下を、たまには忘れて

「そ、それでどうなったのっ……？」

かぶりつきで顔を寄せてくる始に、夕妃は苦笑しながら、まぁまぁと手のひらを向ける。

「とりあえず今日はここまでということで……」

気がつけば小一時間経っていた。さすがに始が忙しい身であることは承知しているので、夕妃は話を打ち切ることにした。

「えぇーっ、ゆうちゃんそれは蛇《へび》の生殺しだよぉ〜」

始はきれいな眉をハの字にしつつも、ひょいっとテーブルの上にあった伝票を手に取り、それから名残惜しそうに立ち上がる。

「仕方ない。また近いうちに聞かせてね。絶対だよ？」

「はい。ごちそう様です」

夕妃も微笑みながら始を見送り、カップに残ったコーヒーを飲み干した。

（あんなことがあって、たった半年でこうなってるんだもの。本当に人生って不思議議だな……)

始にこの話の続きをする〝近いうち〟がいつ来るかわからないが、始に話すことによって、夕妃も懐かしい気持ちにかられていた。

湊には自由行動をとっていいと言われた夕妃だが、結局、ホテルの部屋に戻って仕事をすることにした。

(今日一日にもお給料をいただいているんだから、やっぱり働かないと……)

急な出張で、湊の仕事は必然的に溜まっていくのである。相手先にスケジュールを確認しつつ調整していく。そうやって雑務をこなしていると、あっという間に夜になった。

「お腹空いたなぁ……。今頃湊さんは、料亭で美味しいもの食べてるんだよね……」

しかも京都の舞妓さんを侍《はべ》らせているはずだ。

「むむ……」

仕事上、湊に妬いたり拗ねたりしないように気をつけているが、なんとも思わないわけではない。我ながら難しい女心だ。

思わず尖った唇を自分でムニムニとつまむ。

ここでひとりで妬んだところで、どうにもならないのはわかっていた。

「ふんっ、私だって美味しいもの食べちゃうもんねっ……」

バッグを掴み、夕妃はホテルの部屋を出る。

だが結局はレストランに入るわけでもなく、たまたま通りがかったおばんざい屋でいくつかの総菜と、コンビニでワインのミニボトルを買っただけだった。

（贅沢しようと思ったけど、ひとりじゃ寂しいかも……）

テンションを上げようとワインを買ったが、いまいち気持ちは盛り上がらない。

シャワーを浴び、備えつけのネグリジェタイプのパジャマに着替えた夕妃は、「いただきます」と手を合わせて、箸を伸ばした。


「あー、お腹いっぱい……もう食べられないよ～。ごちそうさまぁ……」

夕妃はふうっとため息をつき、お腹をさすった後、椅子から立ち上がる。ゴミをビニール袋に詰めて、ゴミ箱に捨てると、そのまま洗面台へと向かう。

ミニボトルとはいえ、ワインを一本空けているので頬は熱い。このまま横になりたいところだが、一度横になると起き上がる自信がなかったので、さっさと歯磨きを済ませることにした。

「ひとりだと、すごく独り言が多くなるんだなぁ……」

湊のことを思って、少し悲しくなってしまう。

部屋を換気し、歯磨きも済ませて、夕妃はベッドに倒れ込む。

なんとなくテレビをつけてみたが、とくに興味を惹かれるような内容もない。リモコンですぐに消して、ベッドにうつぶせになった。


——プルルルル……。

(ううーん……なんの、音……)

いつの間にか眠っていたようだ。

眠りの底から引きずり起こされて、夕妃は目を閉じたまま寝返りを打つ。

(電話……?)

手を適当に動かすと、枕元で充電していたスマホに手が当たった。

「はい……」

眠って何時間経ったかわからないが、さすがに夜中近いはずだ。仕事ではないだろうと思いながら電話に出ると、《夕妃?》と低い声で、名前を呼ばれた。

(みたにさんじゃなくてゆうひ……って呼んだから……仕事モードじゃない……)

「湊さん……?」

《もう寝てたのか?》

「うん……うとうとしてた……」

夕妃はうなずきながら、ベッドの上でゴロゴロと転がった。

湊はまだ京都だろうか。となると今夜は帰らないという連絡なのだろう。

やっぱり寂しいな、と思いながらまぶたをこすると、

《開けて。帰ってきた》

トントン、とドアが叩かれる音がする。

「ええっ⁉」

夕妃はベッドから跳ねるように飛び起きて、そのままの勢いでドスン、と床に落ちた。

「いったーい!」

《夕妃?》

電話の向こうで湊が驚いている。

「ごめんなさい、び、ビックリして、落ちました……」

《大丈夫なのか?》

さすがに慌てた様子の湊に、夕妃は「アハハ……」と笑って返し、四つん這いのままドアへと向かい、なんとか立ち上がって鍵を開けた。ドアが内側に開くと同時に、湊が部屋の中に入ってくる。

昼に別れた時とまったく変わらない、一糸乱れぬ美しい湊だ。

「どこか打った？」

湊は身を屈めて、夕妃の膝のあたりを覗き込んだ。

その瞬間、ふわっと、湊が使っている香水の香りがして、懐かしいような寂しくなるような、不思議な気持ちになった。

（なんでだろう……十二時間程度離れただけで、こんな気持ちになるなんて、恥ずかしい……）

「大丈夫……！」

夕妃はブルブルと首を振る。

「そうは言っても、君はそそっかしいところがあるから」

湊はそのまま夕妃の膝を撫でて、すっと立ち上がると、両手で包み込むように夕妃の頬を挟み、親指で唇の上をなぞる。

「泊まってくると思ってた？」

「うん……」

「結婚してから、外泊なんかしたことないだろう」

「そう言われれば、そうでした」

「俺は夕妃をひとりにしないよ」

湊はクスッと笑うと、そのまま唇を夕妃の額に押しつける。両腕が背中に回り、チュ、チュと湊からキスの雨が降るが、湊の唇は夕妃の唇になかなか触れない。

(意地悪されてる……！　おのれ～湊さんめーっ！)

夕妃は湊の胸元にぎゅっとしがみつくと、鼻先に落とされた唇に噛みつくように自分から唇を押しつけた。

かすかにアルコールの香りがする湊の唇。なんの乱れもなく見えても、こうやって至近距離で顔を覗き込むと、ほんの少し切れ長の目に潤いがあるのがわかる。

「積極的だな……」

低い声で湊がささやく。

「こういうの嫌い？」

「まさか。大好きだよ」

湊はククッと喉を鳴らすように笑い、夕妃の体をすくうようにして抱き上げると、そのままベッドへと運ぶ。

それなりのシティホテルとはいえ、ベッドはいつもふたりが眠るものよりかなり小さい。けれどその密着感に、また夕妃はドキドキする。

「ネクタイ外して」

ベッドに腰を下ろし、湊が顔を近づける。夕妃はうなずいて、彼の首元に手を伸ばした。シュルシュルと音がして、シーツの上にネクタイが落ちる。

「縛られたい？　それとも今日は縛ってみたい？」

湊は低い声でささやきながら、そのまま夕妃の首筋に唇を這わせる。同時に彼の長い指が薄手のパジャマのボタンを外していく。

「縛っても、縛られても、湊さんの手のひらの上だと思うんだけど……」

ゆっくりと押し倒されながら、のしかかってくる湊を見上げた。

「そうかな？」

「そうだよ……」

夕妃が笑ってうなずくと、湊も笑って、夕妃にキスを落とす。

湊は夕妃を不安にしたりしない。嫌がることもしない。戯《たわむ》れのような意地悪をたまに口にするが、それが夕妃を傷つけるものではないということは、言われる夕妃が一番よくわかっている。

夕妃は湊と出会うまで、男性とはプラトニックな付き合いしかなかった。むしろ、おとなしそうな容貌のせいで、十代からやたら痴漢にあっていたから、男性不信も極まっていた。

弟の朝陽は別として、男性を信じられるようになったのは湊のおかげだし、湊と出会わなければ、男性はいつも自分を思い通りにしようとする最悪な存在だと思い続けていただろう。

（いい人も悪い人もいるって言われればそうだってわかるけど、そのいい人は、私の世界にいないものだと思っていた……湊さんに出会えて、本当によかった）

結婚式の誓いから逃げ出した先にいた湊は、確かに夕妃にとって王子様だったはずだ。

（――そう……王子様だって、思ったのはいつだったっけ……）

きっと始と話したことで過去の記憶が触発されたのだろう。

夕妃は湊から与えられる甘い口づけを受けながら、湊と初めて、唇でキスした日のことを、思い出していた。

誘惑の火曜日　～上司と部下になる前のふたり～

「あなたにキスしたい。嫌なら俺を突き飛ばして逃げてください」

それは出会って三日後のこと——。

夕妃は退院し、主に服薬とカウンセリングで治療を行うことが決まった。だが結婚式から逃げたこの状況で家に戻れるはずもなく、とりあえず落ち着くまで朝陽と一緒に、湊のマンションに一時住まわせてもらうことになった。

まさか住むところまで世話されると思っていなかった夕妃は焦ったが、朝陽は「ラッキーだよなー」と単純に喜び、湊についていくというので慌ててしまった。

(そこまでお世話になるわけにはいかないでしょ……!)

病院の駐車場に向かうエレベーターの中で、夕妃は首を振りメモを書く。

【ビジネスホテル】

それはホテルに泊まるという意思表示のつもりだった。

だが神尾はそのメモを見て目を細める。

「ホテルではくつろげないでしょう。治療どころではないですよ」

そしてにっこりと笑って、「そうだそうだ」とうなずく隣の朝陽に目線を向けた。

「それにもう、朝陽くんに荷物は運んでもらってます」

「うん、大丈夫。姉ちゃんの洋服とかあれこれ、全部つめて運んでもらった」

（いつの間に……）

しれっとうなずく弟に夕妃は真顔になる。

（朝陽くんったら……なにが大丈夫よ）

夕妃はため息をつくしかないが、人懐っこい朝陽を神尾は悪くは思っていないようだ。駐車場に停めているピカピカの車を見てはしゃぐ朝陽を見て、にっこりと笑っている。

（やっぱり神尾さんって、ものすごーく優しくて、大人で、博愛主義なのかもしれない……）

夕妃は涼し気な神尾を見上げながら、どうしたらこの御恩を返せるのだろうと、不安になってしまった。

彼がひとりで住む部屋は、最上階でやたら広い吹き抜けの上に、一階と二階に分かれていて、プライバシーが守られる造りの超高級マンションだった。普段神尾は一階を使っているという。一階の間取りの半分は、大きなリビングとキッチンだ。さらに寝室や書斎、クローゼットルームがある。

夕妃と朝陽は二階のすべてを使ってよいと言われたのだが、マンションの部屋の中に階段がある物件を初めて見たふたりは、開いた口が塞がらなかった。

二階に上がって、それぞれの部屋を見て回った。ゲスト用のバスルームやトイレ、ミニキッチン、クローゼットルームまである。

「うわーめっちゃすごい眺め～！　見てみろよ！」

（見てみろよじゃないんですけど！）

まだ現状を受け入れられない夕妃は、窓に張りついて外を眺めている朝陽の背中をバシバシと叩いて、問いかけた。

【ねぇ、学校はどうだったの？】

「気になる？」

（気になるかって、当たり前でしょ！）

ぐっと目に力を込めると、朝陽はクスッと笑って、窓から離れて夕妃と向き合った。

「ギリギリまでぶち壊してやろうかどうしようかってずっと迷ってたから、俺が姉ちゃんの結婚式に出ること、学校の奴らにも話してなかったんだ。ただ、こうなった以上、あのクソ男が姉ちゃんを探して俺の学校に来ないとも限らないだろ。だから姉ちゃんが倒れたから、今週いっぱい休みますって月曜日に連絡して、それからせっせと荷物つめて、こっそりここに運び出したってわけ」

(朝陽くん、そんなこと考えてたの?)

まさか朝陽が最初から結婚式をめちゃくちゃにしようと考えていたとは気がつかなかった。確かに思い悩んでいる様子はあったが、受け入れてくれると勝手に思い込んでいたのだ。

【でも、あの人が学校に本当のことを話したら】

メモを書くと、朝陽は苦笑して首を振る。

「いやいや、他人に花嫁に逃げられたなんて言わないだろ。出席者は自分の身内と関係者ばっかりだったし、全員にかん口令を敷いて、裏で姉ちゃんのこと探してるに決まってるよ」

そして朝陽は、緊張で体を強張らせている夕妃の肩に手を置いた。

「姉ちゃんの職場のほうは、どうせ一週間休みもらってたわけだし、とりあえずここで今後どうするか考えよう」

【職場戻れないかな】

「そりゃ無理だろ。あいつ一応、親会社の重役の息子だもん」

朝陽の言葉はもっともで、確かにあの結婚式の場所には、夕妃の勤めている会社の役員も数人出席していたのだ。せっかく入った会社なのに、辞めなければいけないと思うと夕妃は気が重くなる。

【仕事探さなきゃ】

「そんなのは後でいいよ。とりあえず体を治すことが先決だろ」

【でも声が出ない】

「姉ちゃん、焦るなって……」

朝陽が少し困ったように笑ったが、これが焦らずにはいられようか。これから先、どうやって生きていけばいいのか、まったく思いつかないのだから。

心がザワザワし始めていたが、必死にそれを押し殺す。

【ひとりになりたい】

「姉ちゃん……」

夕妃は走り書きのメモを朝陽に押しつけると、弟の手を振り払って、部屋を飛び出していた。

夕妃はマンションの裏手にある大きな公園に来ていた。ウォーキングコースがあるので、平日の昼日中とはいえ、ベビーカーを押している母親や、引退して老後を楽しんでいる仲のよさそうな夫婦の姿がいくつもあった。

その中に混じって、夕妃はため息をつきつつウォーキングコースを歩く。

(このまま謝罪して終わりってことになるはずがない。結婚式を無茶苦茶にしたんだから……。考えなきゃ……。どうしたら朝陽くんを不幸にしないか……)

夕妃にとって朝陽は生きがいだった。

たとえ百九十センチもあって姉を米俵のように担げるといっても、弟は未成年だ。親が頼りになれば、本来守られる存在なのだ。苦労は買ってでもしろと世間では言われるが、夕妃はそうは思わない。朝陽にはなんの苦労もさせたくない。

(でもどうやったら……? うう、まったく思いつかないよ……はぁ……)

悩みながら歩き続けていると、急に息が上がってきた。夕妃は仕方なく歩くのをやめ、少し離れたところにポツンと置いてあるベンチに腰を下ろすことにした。

ぼーっと空を見上げる。この辺りは高級住宅地で、ビルが立ち並ぶ都心とそう離れていないはずなのだが、空の青が占める分量がとても多い。

(みんな誰もが同じ空の下で平等なんて、嘘だ。見える景色が全然違う……)

ふと、自然に神尾のことを考えていた。

(あの人は、こういう空の下に生まれてきた人なんだろうな……私とは全然違う)

その時——。

「夕妃さん……!」

公園の入り口がある方向から、男性が走ってくるのが見えた。一瞬身構えたがすぐにわかった。神尾だ。彼はホッとした表情で夕妃の前に立ち止まった。

「ここにいたんですね。朝陽くんが、出ていったと言うから驚いてしまいました」

(あ……確かにそうだ。ひと言言っておけばよかった)

神尾を驚かせるつもりはなかったので、夕妃は申し訳なく思い、ぺこっと頭を下げる。そしてジャケットのポケットに手を入れかけたが、メモを部屋に置いてきたことを思い出して、ボールペンを握りしめたままうなだれた。

「ああ、メモ忘れたんですね」

神尾はにっこりと笑って夕妃の左隣に腰を下ろすと、右手を差し出した。

「ここに書いてください」

(えっ……!)

神尾の手のひらは大きく、指は長くてきれいだった。そんな彼の手にボールペンで文字を書くなんてできるはずがない。

しかも水性ではない、ごく普通のボールペンだ。

夕妃は慌てて自分の左手に文字を書いて、隣の神尾に見せた。

【少し外の空気を吸いたくて】

「僕に書いていいと言ったのに」

神尾はクスッと笑うと、

「夕妃さん、前から思ってたんですが字がきれいですね」

夕妃の手に顔を近づける。

(褒められた……)

少し嬉しくなって、夕妃はまた自分の手のひらに文字を書いた。

【小、中、高とずっと書道を習っていたんです】

「そうだったんですか。道理で。今は?」

【働き出してから教室をやめてしまいました】

それだけ書くと、夕妃の手のひらは文字でいっぱいになってしまった。

「あ、ほら、もう書けなくなった」

神尾がいたずらっ子のような顔をして、クスクスと笑う。

【まだ手の甲があります】

むきになって手の甲にそう書くと「あなたは負けず嫌いだな」と、神尾が目を細め、

「でもここもすぐに埋まってしまいますよ」

彼の長い指が、夕妃の手の甲の文字の下を撫でた。

その瞬間、まるでしびれるような感覚が全身を襲う。

嫌な感じではない。むしろ——その逆なのだが、そんなことをこの状況で感じてしまった自分が、いつもの自分でないような気がした。

（私、神尾さんのこと意識してる……？）

頬にキスされたせいか、それとも出会いが強烈だったからか、その両方か。

いや、違う。きっと突然現れた救世主のような彼に、浮わついているだけだ。

（大きな病院を経営している親族がいて、高そうな車に乗っていて、高層マンションの最上階に住んでいる。私とはなにもかも違う人。彼は迷惑をかけられたはずなのに、なぜか私たち姉弟を助けてくれようとしている。いい人すぎるから、なにか裏でもあるんじゃないかと思うけれど、なにも持っていない私や朝陽くんから、取れるものなんか、なにもないのに……どうしてなの？　いったいなにが目的なの？）

ふわふわした気持ちを打ち消そうと、夕妃は思わず手をひっこめ立ち上がっていた。

その瞬間、かすかに神尾が目を丸くしたのが視界の端に映った。

彼の手を振り払ったように思われたかもしれない。

(今の、感じが悪かったかも……)

勝手にドキドキして逃げただけだ。けれど、今さらなかったことにはできない。

夕妃は神尾の指が撫でた手の甲を、もう一方の手で覆い、胸に引き寄せる。その手はまだ熱を持っていた。

「――夕妃さん」

いきなり、神尾はすっと立ち上がって、顔を覗き込んできた。

「この辺りは最近開発が進んでいるんですよ。案内しましょう」

それから神尾の案内で、マンションから徒歩十分以内にある高級スーパーマーケットやフラワーショップ、インテリア雑貨やセレクトショップを回る。

先ほどは少し嫌な空気になったはずだが、神尾はまったくそんな気配を見せなかった。そんな神尾の態度に、彼はとても大人なのだと夕妃は身につまされる。単純に憧れるというよりも、気が引けて仕方ない。

「――喉が渇きましたね。あそこでお茶を飲みましょう」

隣を歩く彼の目線の先には、おしゃれなオープンカフェがある。平日の昼間という時間のせいか、若い主婦層が多いようだ。

神尾は周囲から少し離れた席へと向かい、夕妃のために椅子を引いた。

「どうぞ」

かなり手慣れた様子に恐縮しながら椅子に座った。

神尾はそれから夕妃の斜め前に椅子をずらして自分も座る。

(神尾さん、ここでもすごく目立ってるし、見られてる……)

あちこちを回っていて気がついたが、神尾が通りを歩いているだけで、すれ違う女性がさりげなく神尾の姿をチェックするのだ。おそらく神尾だって気がついているはずだが、慣れっこなのだろう。いちいち反応したりはしない。

(なのに私が隣を歩いていると、明らかに変だよね……)

卑屈に拍車がかかったが、

「今日は陽気がいいですから冷たいものもいいですね」

神尾はウェイターからメニューを受け取って、夕妃との間にそれを広げた。

確かに彼の言う通り、歩き回って喉は渇いていた。

夕妃がアイスティを指さすと、神尾はうなずいた。

「甘いものはいかがですか。ちなみに僕は、結構好きなので、夕妃さんといると頼みやすいのですが」

夕妃は驚き、目の前のペーパーナプキンを取り、【本当に?】と書きつける。どう見たって神尾に甘党が似合わない。

「本当ですよ」

【私も好きです】

「ではひとつ頼んで、シェアしましょうか」

結果、メニューを覗き込んで、ふたり同時に指をさしたのはパンケーキだった。

やがてふたりの目の前に、たっぷりの生クリームとフルーツがトッピングされたパンケーキとアイスティが運ばれてくる。

(これは……すごい!)

「ふふっ、すごいですね。さぁ、温かいうちにどうぞ召し上がってください」

神尾に促されて、夕妃はパンケーキにナイフを入れる。生クリームごと口の中に入れると、幸せの味が広がった。

(美味しい〜!)

ここ数日あまり食欲がなかったはずなのに、歩き回ってお腹が空いていたようだ。

夢中でパクパクと食べていると、ニコニコしている神尾と目が合った。

（あっ……シェア……）

慌てて手元を見ると、もう、皿の上にはなにもない。サーッと血の気が引いた。

（ごめんなさい、すみません！）

「いいんですよ。ほらここクリームがついてる」

神尾がペーパーナプキンを手に取って、おろおろする夕妃の口元を拭う。

すると神尾の背中の向こう、少し離れたところに座っている女性たちが、顔を寄せて笑っているのが見えて、夕妃はいよいよ落ち込んだ。

（私は神尾さんにとって、拾った猫で、小さな子供扱いも同然なんだよね……）

当然だが対等ではないのだ。


マンションの部屋に戻るエレベーターは、高層階と下層階で分かれていた。

ふたりで乗り込んだ後、夕妃は内心深いため息をつきながら、うつむき自分が履いているパンプスを見つめる。

（対等じゃないなんて、当然なのに……）

この高級マンションですら、使えるエレベーターが違う。そして自分は本来、一生かかってもここには住めない人間なのだ。神尾と自分は、助けるものと、助けられるもの。相手から与えられるのは百パーセントの善意だ。

純粋に受け取ればいいのだろう。けれどどうしても朝陽のように割り切れない。

（逆に、なにか差し出せるものがあるなら、差し出したほうがもっとすんなり、受け入れられたと思うのに……私は与えられるばかりだ）

「夕妃さん」

神尾から名前を呼ばれて、夕妃は顔を上げる。エレベーターの扉が開いていた。

「どうぞ」

（気がつかなかった……）

夕妃はペコッと頭を下げて神尾の隣を通り過ぎる。エレベーターを降りたすぐ前が広い玄関フロアになっており、当然この階に降りるのは自分たちしかいない。重い気分のまま部屋の中に入ると、リビングのテーブルの上に朝陽からのメモが置いてあった。

【彼女と会ってきまーす】

（えっ⁉）

メモを片手に固まる夕妃の背後から、スーツの上着を脱いでベスト姿になった神尾が覗き込んでくる。

「彼女？」

（あ、えっと……）

夕妃はボールペンを取り出して、朝陽の残したメモの裏に慌てて書きつける。

【朝陽くんには社会人の彼女がいます】

年は朝陽の三つ年上で、夕妃も会ったことがある。キリッとした感じの美人だ。

「じゃあ泊まり？」

神尾はそのメモを見て軽く首をかしげる。

（……ええっ!?）

目を剥く夕妃だが、確かに言われればそんな気がしないでもない。夕妃とふたりで暮らしていた時も、弟はたまに出かけて外泊することもあったのだ。

（え、でもそうしたら……私と神尾さん、ふたりきりでは？）

「――なるほど」

神尾は納得したようにメモをテーブルの上に置くと、硬直している夕妃を肩越しに振り返った。

「なかなかおもしろい弟さんですよね」

にっこりと微笑む神尾に、夕妃は目の前が真っ暗になった。

【いつ帰ってくるの】とか【急に出ていくってどういうこと】とか、朝陽にさんざんメッセージを送ったのだが、既読にすらならない。

（どうしてこんなことに……っていうか、朝陽くん未読スルーするし……ほんと、わざとなのかも……）

まさかと思いつつ、夕妃はぼんやりとキッチンに立って、鍋の中のビーフシチューを見つめていた。

あれから神尾は『仕事に行ってきます。遅くなると思うので気になさらず』と言って出かけていった。

そう言われてみれば彼は朝からスーツ姿だった。もしかしたら自分たち姉弟をこの部屋に案内した後、そのまま仕事に行く予定だったのかもしれない。なのに夕妃が部屋を飛び出したりしたから、彼は自分を探しに来て、なおかつ近所を案内すると称して、気分転換に付き合ってくれたのではないだろうか。

（だったら私、最悪にもほどがある……）

なにからなにまで面倒をかけて、本当にいたたまれない。穏やかな神尾の笑顔を思い出すだけで、己のふがいなさに地団太を踏みたくなってくる。せめて少しでも自分のできる範囲でと、感謝の気持ちと思って夕食を作ってみたが、冷蔵庫の中身が男性のひとり暮らしとは思えない充実ぶりで、もしかして彼女のような人が本当は一緒に住んでいて、自分が追い出してしまったのではないかと、考える始末だ。

（そんなの私、望んでないのに……）

自分で作ったビーフシチューとサラダとコンソメスープを食べた後、病院でもらった薬を飲んで、夕妃は二階のバスルームでお風呂に入った。

（神尾さんの彼女ってどんな人かな……）

ゆっくりと体を温めながら、夕妃は目を閉じる。

（――清楚なお嬢様タイプ……それとももとびっきりのモデル美人系？　面倒見がいいから、おっとりした箱入りお嬢様でもありかもしれない。それとも対等な雰囲気のバリキャリ系とか）

だがどんな相手でも、神尾はうまく合わせて付き合えそうな気もする。

（私なんか……全然相手にされないだろうな……）

ごく自然にそんなことを考えていて、夕妃はハッとした。

（なに考えているの、私ったら図々しいっ！）

相手にされるもなにも、すでに十分世話してもらっているではないか。これ以上なにを求めるというのか。なんにしろ、贅沢にもほどがある。

夕妃はバシャバシャとお湯で顔を洗い、それからおそるおそる、口を広げる。

「あ……う……」

喉が緊張で締まる。苦しそうで小さな声しか出なかった。

（私、これからどうしたらいいんだろう……。宙ぶらりんでいることが、こんなに怖くてたまらないなんて……）

夕妃は深いため息をつき、不安から逃げるように目を閉じていた。

「――さん、夕妃さん？」

遠くから男性の声が響く。

（ん……だれ……朝陽くん……？）

だが朝陽は〝夕妃さん〟なんて呼んだりはしない。

では誰だろう……。自分は夢を見ているのだろうか……。

夕妃はぼんやりとまぶたを持ち上げる。全体的に靄《もや》がかかっていて、よく見えない。

（やっぱり夢……）

「夕妃さん、大丈夫ですか。あの……まさか溺れてません？」

（ん……？　溺れるってなにが？）

少し離れたところから、はっきりと男性の声がする。声の聞こえるほうを見ると、すりガラスの扉の向こうにかなり長身の人影が見えた。

（ここは……）

体を起こそうとすると、ちゃぷんとお湯が揺れる。

（ああっ⁉）

どうやらお風呂でうとうとと眠ってしまっていたらしい。そしてあの扉の向こうにいるのは神尾だ。おそらく帰宅して夕妃がバスルームにいることはわかったのだろうが、ずっと無音なのを不審に思って様子を見に来たのかもしれない。

（大変っ‼）

ようやくすべてを理解した夕妃は体を起こそうとしたのだが、慌てすぎて浴槽を掴もうとした手がつるりと滑った。

（きゃー！）

ザブンッ！

体を起こすどころか、バスタブの中に上半身が沈む。大きな水音がして余計慌てたが、バスタブが大きくてなかなか体が起こせない。ザブザブと激しい音だけが響く。

「夕妃さん！」

ガチャンとドアが開く音と、今度は神尾の声がはっきりと聞こえた。

（う、うう、う、嘘でしょー！）

夕妃はバスタブの底に倒れたまま、スーツ姿の神尾がバスタブの中に手を入れて、自分の体を抱き起こすのを呆然と見ていた。

「お湯は飲んでない⁉」

神尾はてきぱきした様子で裸の夕妃を大きなバスタオルで包むと、そのまま軽々と抱き上げた。そして夕妃の部屋に飛び込み、ベッドの上に横たわらせる。

「ゲホッ、ゲホッ……！」

激しくせき込む夕妃の背中を、神尾の大きな手が撫でる。

「救急車を……」

それから神尾は胸ポケットに手を入れ、「くそっ、水没してる！」と叫ぶと、スマホを床に投げ捨てた。

（きゅ、救急車っ⁉）

さすがにこの状況で救急車を呼ばれては病院の業務妨害になりかねない。

夕妃はせき込みながら、慌てて神尾の腕を掴み、必死で首を振った。その様子に神尾は怪訝そうに眉をひそめた後、夕妃の顔を両手で包み、覗き込んだ。

「俺の声、聞こえる？」

（き、き、聞こえます！）

声を出そうにももちろん出ない。だが夕妃は大きな目をしっかりと開けて、激しくうなずいた。

「——もしかして、お風呂で寝てた？」

（ば、ばれたー！）

目を剥く夕妃だが、その瞬間、神尾の表情が緊張から緩む。

「ああ、そうか……いや、いくら声をかけてもリアクションがないから……もしかして溺れているのかと思ったんだ……。いや、そうか……」

神尾は苦笑した後、そのままうつむいた。

「その……勘違いだ。本当に、その……申し訳ない」

（ええっ!?）

どう考えても、退院したてのくせして風呂で寝る自分が悪い。

おそらく夕妃の月給の倍はするに違いない、仕立てのよいスーツの上着は袖や胸のあたりがぐしょぐしょに濡れている。

夕妃は慌てて神尾の腕を掴んだ。純粋に顔を上げてもらおうと思ったのだ。

だが神尾は決して顔を上げようとしなかった。うつむいたまま逃げるように立ち上がろうとしたから夕妃はさらに慌てた。

（違います、神尾さんは悪くないです、私が悪いんです！）

夕妃は逃がしてなるものかと、今度は神尾の体に飛びつくように抱きつく。

その時――。

「うわっ……？」

バランスを失った神尾がそのまま覆いかぶさるようにベッドに倒れてきて、

（きゃーっ！）

夕妃は神尾に押し倒されてしまった。

（じ、事故だ！　事故が起こってしまった！）

夕妃は慌てて体を起こそうとしたのだが、一方の神尾は体を起こすこともなく、切れ長の目を細めて、夕妃を見下ろしていた。

メタルフレーム越しの彼の目はとてもきれいだった。薄暗いベッドの上で見ても、かすかに濡れた肌や髪がきらきらと光っているようだった。

「——夕妃さん、俺のこと誘ってる？」

（え……？　ええっ……ええ！っ!?）

一瞬なにを言われたかわからなくなり、呆然と神尾を見上げる。すると彼は、ふっと笑って、夕妃の頬にはりついた髪を指で取りながら、ささやいた。

「なんともないとわかった今、俺にとってあなたはただの裸の女性なんですけど」

（……ああっ！）

言われてハッと気がついた。さっきまで無我夢中で忘れていたが、バスタオル一枚巻きつけただけでここまで連れてこられたのだ。とりあえず体の上にタオルは引っかかっているが、今にも落ちそうだ。

「困ったな……これは当然のごとく、お誘いありがとうございますとお受けしていいのでしょうか」

神尾はどこか楽しげに、軽やかな口調でささやいて、両手で夕妃の頬を挟み、こつんと夕妃のおでこに額をくっつける。

「ではっきり言いますね。あなたにキスしたい。嫌なら俺を突き飛ばして逃げてください」

（き……キス……!?）

「逃げないんですか？　今度は頬じゃないんですよ。あなたのこのかわいい唇に、キスしたいって言ってるんですよ」

そして夕妃の唇の上を、そっと親指で撫でた。

確か神尾は自分のことをいつも礼儀正しく〝僕〟とか〝私〟とか言ってなかっただろうか。素の彼は、普通の男の人のように〝俺〟と言うのかと驚きつつも、今はそんなことを考えている状況ではないと慌てる。

けれど神尾はなにも言わず、ただ色っぽい眼差しで夕妃を見つめ、指で夕妃の唇を撫でるだけだ。ゆっくりと、けれど何度も往復する指の感覚に夕妃は震える。

本当にギリギリ、唇の表面を撫でられるだけなのに、全身に淡くしびれるような快感が広がっていく。

（嫌なら突き飛ばして……って神尾さんは言ったけれど。嫌じゃない場合は、どうしたらいいんだろう……）

全身ずぶ濡れで、バスタオル一枚で。そして神尾も同じく、上半身ずぶ濡れのスーツ姿で。ただ薄暗闇の中、ベッドで彼に唇を撫でられている。

もし口がきけなたら――自分ははっきりとそう口にするだろうか。

キスしてほしいと……。

夕妃は、シーツの上に投げ出していた手を持ち上げ、神尾の頬に指を滑らせる。なんでもいいから神尾に触れてみたかった。

こめかみから顎先まで指を滑らせると、神尾がクスッと笑う。そして夕妃の手の甲に手を重ね、そのまま唇まで引き寄せる。手に触れた神尾の唇は温かい。

目が合うと、そのまま吸い寄せられるように神尾が顔を近づけてくる。夕妃は高鳴る胸の鼓動を感じながら、目を閉じた。

最初は軽く触れるだけのキス。それから軽い、小鳥がついばむようなキスが続く。夕妃の額にかかる髪を神尾がかき上げる、その指さえ心地いい。

(ずっとこうしていたい……)

夕妃は神尾と唇を重ねながら、そんなことを考えていた。

本当はもっと、考えて行動しなければならない。自分は結婚式から逃げた花嫁だ。今さら神尾に恋をしたところで、周囲に迷惑をかけることになる。

(こんなことをしたって……未来はないのよ)

夕妃の冷静な部分がささやく。

自分は神尾のことをなにも知らない。そういえば名前も知らない。なにをしている人かも知らない。だけど同時に、彼が大人でいつも夕妃のことを気遣ってくれて、けれどそれを気づかせないように、夕妃が笑えるように気を配ってくれる、とても優しい人だということは知っている。

（ああ……どうしよう）

神尾のキスが、次第に深くなる。触れる時間が長くなり、熱っぽさを帯びる。

「……夕妃さん」

神尾が夕妃の名前を呼ぶ。大きな手が夕妃の肩を包み込む。

その声は少しかすれていて、神尾もまた今この瞬間、自分を強く求めてくれているのだと、唐突に、肌で感じていた。

出会ってたった三日。恋をするには早いだろうか。三十日後なら、早すぎないのだろうか。

（いつだったらいいの。いや、よくない。私は恋なんかしちゃダメなのに……ダメなのに……）

思わず顔を逸らしかけたところで、神尾が夕妃の耳にささやいた。

「あなたを俺のものにしたい……」

神尾の唇がそのまま横を向いた夕妃の耳に触れる。

「夕妃さん、俺のものになりませんか？」

軽やかに誘うけれどその声は妙に熱っぽく、誘惑の言葉が直接体の中に注ぎ込まれるような気がして、甘いしびれに体が震える。

(神尾さんのものになるって言えたら、どんなに楽だろう。だけどそんなの……)

夕妃は体を強張らせる。

もちろん、神尾が嫌だとか怖いだとか、そんなわけではない。

自分は結婚式から逃げた女だ。自分の中に芽生えた淡い恋心を成就させたいと思っても、先がない恋に落ちて周囲に迷惑をかけることが嫌だった。

(人に迷惑をかけるくらいなら、自分が我慢していたほうがずーっと、ずーっと、マシだ……)

それに、神尾にほんの一瞬愛されて、その恋がいったいどれだけ続くだろう。自分のような凡庸《ぼんよう》な女は、ひと月も愛される気がしない。神尾の心を繋ぎとめておける自信がない。そして振られてしまったら、およそ立ち直れない。きっといつまでも引きずるだろう。そんなことになると朝陽や神尾にだって迷惑をかけてしまう。

(こんなふうに人を好きになったのは初めてなのに……)

結局夕妃は、自分の気持ちに正直にはなれない。

「夕妃さん……」

うつむいたままの夕妃がなにを考えているかなんて、神尾にわかるはずがないのだが、それでも夕妃の迷いは神尾に伝わったようだ。

「急にすみませんでした」

神尾はそう言うと、夕妃の頬を手のひらでそっと撫でて体を起こす。

この一瞬で、先に進めないと感じた夕妃の気持ちを受け入れてくれたようだ。

そんな神尾のことを、相変わらずおそろしく勘の鋭い人だなと思いながら、夕妃もバスタオルを押さえて体を起こし、うなずいた。

（やっぱり今日にでも、出ていこう。夜が明けたら、どこかのビジネスホテルにでも朝陽くんと一緒に行こう……）

だが、神尾はなかなか部屋から出ていこうとしなかった。それどころかベッドに座り直して、夕妃の顔を覗き込んでくる。

（なに……？　どうして出ていかないの？）

夕妃はぼんやりと顔を上げる。神尾の意図が掴めず怪訝そうに首をかしげる夕妃を見て、彼はにっこりと笑って目を細める。

「諦めませんから」

（え……？）

なにを言われたかわからなかった。だからただぼーっと、目の前の神尾の顔を見つめ返していた。

すると神尾は、夕妃の手の上に自分の手のひらを重ねてぎゅっと握りしめる。

「あなたが憂《うれ》いなく俺のものになりたくなるように、努力しますので」

(ど……努力⁉)

そんなことを言われると思わなかった夕妃は、呆気に取られる。

「そういうの、得意なんですよ」

(確かに折衝《せっしょう》だとかは得意そうな、そんな感じします……けど……えっ?)

神尾は眼鏡のフレームを指で押し上げると夕妃の額にキスをする。

「おやすみなさい。よく体を拭いて寝てくださいね」

(また、キッ、キス……!)

それはまるで親が子供にするようなお休みのキスなのだけれど、努力すると明るく微笑まれたことで、それまでの陰鬱《いんうつ》とした気分がショックで吹っ飛んでしまった。そのくらい神尾の好意も発言も衝撃だった。

(嘘でしょ……?)

パタン、と閉まるドアを、夕妃はいつまでも見つめることしかできなかった。

上司と部下の、オンとオフ

関西出張は滞りなく終わった。また湊と夕妃の、上司と部下の日々が東京で始まる。
お昼休みまであと十分という時間、のんびりと仕事をこなしているところで、秘書室の夕妃のデスクの電話が鳴った。見れば社長室からの内線だ。キーボードを打っていた手を止めて、受話器を持ち上げた。
「はい、三谷です」
《神尾です。本社の定例会議の予定が一時間ずれ込みましたので、今晩の業界の懇親会には直接向かうことにします》
「お車の用意はどういたしますか？」
《本社に頼みますので、不要です》
「かしこまりました」
《では》
そして余韻もそっけもないテンションで、電話は一方的に切断された。
職場なので当然なのだが、この湊の切り替えはすごい。だが湊がここまで徹底してくれているから、自分もポカをしなくて済むのだ。ふたりの関係は社内では絶対に秘密なため、これでいい。

「社長、なんて？」

正面のデスクに座っている恭子が少し背伸びをして、デスクトップのモニターの向こうから問いかけてくる。

「三時からの本社の定例会議が後ろにずれ込んだので、懇親会には直接本社から向かうということでした」

「なるほど了解～。ということは、社長は戻ってこないわけね。で、こっちの予定もずれる……っと」

恭子は社長以下の取締役たちの秘書業務を一手に引き受けている。キーボードを慣れた様子で叩きながら、予定を組み替えているようだった。基本的にエールマーケティングではクラウドサービスを使ってスケジュールを共有しているのだが、年配の取締役はなかなか確認をしてくれず、恭子に頼りきりである。

「恭子さん、なにか手伝いますか？」

「ううん、大丈夫。すぐ終わる～。これ終わったら一緒にランチに行こうよ。どっか新規開拓したい気分」

「はい」

うなずきながら、夕妃はふとチェーロのことを思い出していた。

「恭子さん、グラタンランチなんてどうです？　限定十食で、こないだ食べ損ねちゃったんですけど、リベンジしたくって」

「おお、いいわねぇ。あっつあつのグラタン食べたーい！」

恭子はうんうんとうなずいて、それから「はい更新～！」と、キーボードをターンと叩いて立ち上がった。

「限定十食ならすぐ行かないと！　さ、夕妃ちゃん、コートコート！」

「はいっ、すぐに！」

外出用のミニバッグに財布とスマホを入れて、夕妃も慌てて立ち上がった。

「外寒そう～！」

黒いコートに身を包んだ恭子と連れ立って、ベージュのコート姿の夕妃がエレベーターで一階に下りると、「ランチ？」と同じくコート姿の澄川が近づいてきた。

「澄川君。そうよ、ふたりでランチなの」

恭子の言葉に、澄川が犬のような顔で駆け寄ってくる。

「おっ、俺も一緒に行きたいですっ！」

なぜか彼の全身から並々ならぬ気合いが伝わってくる。

「ええーっ、私たち今から限定のグラタン食べに行くんだけど」

恭子がわざとらしく迷惑そうな顔をしたが、

「グラタン好きっす！　さ、行きましょう！」

澄川はしっかりうなずいて、そのまま歩き始めた。

「もうっ、仕方ないんだから……」

恭子はきれいに巻いた髪を手の甲で払いながら、隣の夕妃に問いかける。

「大丈夫？」

「え？　ええ、もちろん。そういえば前、ランチ会でもって言ってたんですけど、そのままになってたのを今思い出しました。あ、そうだ。だったらほかの人も誘ったほうがいいのかな……？」

「いやいやそうじゃなくて……まぁ、いいか」

恭子は苦笑しながら、微笑みを浮かべる。なにか言いたそうな様子だが、特に説明するつもりはなさそうだ。

「早く行かなきゃ、限定十食！」

「そうですねっ！　今日こそ食べたいです！」

夕妃もしっかりうなずいて、足早にビルを飛び出していた。

脇目もふらずチェーロに向かったおかげで、なんとか限定のグラタンには間に合った。店内の一番手前の四人掛けのテーブルが奇跡的に空いており、年配の女性店員がお冷やをテーブルの上に置こうとする前に「グラタンセット三つ！」と澄川が注文して、すんなりとオーダーが通ったのだ。

「よかった、間に合ったみたいですね」

夕妃が全員のコートをハンガーにかけながらそう言うと、恭子がクスクス笑う。

「そうね」

「ふたりはよくここに来るんですか？」

澄川が店内をキョロキョロと見回す。今日の店内は割と女性が多かった。

「ううん、初めてよ」

恭子がスマホに触れながら答える。

「私は二回目です。前回グラタンが食べられなかったので、どうしても食べたくって」

夕妃も店内を見回した後、答えた。

「ふぅん……なるほど」

澄川はうんうんとうなずきながら、目の前に座る夕妃をじっと見つめる。

「あの、不躾《ぶしつけ》な質問なんだけど」

不躾とはなんだろう。なにか仕事上でミスでもしたのだろうか。夕妃は、澄川の所属する営業部とはあまり関わり合いがない。するとなにか、神尾の個人的なことを知りたいのだろうか。

(それはさすがに話せないかな……)

夕妃はまじめにそんなことを考えながら、「なんでしょう？」と半分仕事モードで澄川を見返す。

「あっ、あのさっ……」

すると澄川が口を開くよりも先に、夕妃の右隣に座っていた恭子がスマホをテーブルの上に置いて、身を乗り出してきた。

「はーい。坪内恭子、三十五歳の人妻でーす。子供はひとり、夫はふたつ年下でーす」

「いやそうじゃなくて～坪内さ～ん……」

澄川がガクッとうなだれたが、

「澄川君、空気読みなさいよ。今は楽しいランチの時間なの」

恭子がはっきり言うと、澄川はご主人様に叱られた犬のようにうなだれた。

「はぁい……すんません……」

（澄川さん、しおれてる……）

よくわからないが恭子が話を終わらせてくれたようだ。神尾のことを秘書の立場からあれこれ聞かれるのかと思っていた夕妃は、ホッと胸を撫で下ろした。

やがて三人の前に、小さなスープとミニサラダ付きのグラタンセットが並べられる。こんがりと焼けたチーズの色がたまらない。ホカホカと湯気が立って実に美味しそうだ。

「美味しそーう！　いただきまーす」

恭子が機嫌よさそうにフォークを持ち上げるのに合わせて、夕妃もフォークを手に取った。

「美味しかったね～」

「そうですね～。食べたい食べたいって思ってたので、嬉しかったです」

それぞれに支払いを済ませた後、ニコニコ笑う恭子に相槌を打ちつつ、夕妃は隣を歩く澄川を見上げた。

「澄川さんは、ヤケド大丈夫です？」

「う……うん……いひゃいけどらいじょーぶ」

澄川は口元を手のひらで隠しながらフニャフニャと返事する。

どうやら澄川はかなりの猫舌らしい。そんな猫舌でなぜグラタンを食べに行くのについてきたのだろうかと思わないでもないが、よほど食べたかったのだろう。

夕妃はそんなふうに納得しながら、腕時計に目を落とす。

会社に戻ったらすぐに歯磨きをして、メイクを直して業務再開だ。

頭の中で午後のやるべきことのスケジュールを確認していると、ミニバッグに入れていたスマホが震えた。歩きながらチェックすると、朝陽からのメッセージだ。

先日、結局出張帰りに慌ただしくお土産を渡しただけで、ゆっくり話せなかったので、祝日である明日に改めて会うことになったのだ。湊も、朝陽の彼女も仕事で来られないため、姉弟で水入らずで会えるのは久しぶりだった。

【じゃあ○×駅で待ち合わせねー】

そう返事をしていると、澄川が「なんだか楽しそうだね……彼氏?」と声をかけてきた。

「いいえ、弟です」

そういえば少し前にも、空港のラウンジで似たようなことを言われたような気がする。よっぽど自分は朝陽のことが好きなのが顔に漏れているのだろうなと、夕妃は恥ずかしくなりながら首を振った。

「あ、そうなんだ……」

澄川はしきりに「弟さんか……なるほど……弟さん……」と呟きつつ、なにかをひとりで納得している。

「あ、そうだ。三谷さん、猫、飼ってるんだよね？」

「えっ、ああ、はいっ……」

一瞬、猫？と思ったが、そういえば早く帰る言い訳として、猫を飼っている設定になっていたことを思い出し、夕妃はうなずいた。

「実はさ、お客さんにペットフードの会社があってね。試供品を死ぬほどたくさんもらったんだけど、いらない？　自然派の高級フードらしいよ。毛玉もきれいに吐けるんだってさ」

澄川はニコニコと微笑む。

「そうなんですか……それは……とてもいいですね」

猫を飼ったことがないので、〝毛玉をきれいに吐く〟の意味がわからないが、彼の口ぶりからしていいことらしいので、とりあえずうなずく。

「でしょ。ほんとたくさんもらったから、よかったら猫ちゃんにあげてよ」

澄川の爽やかな笑顔は、夕妃が猫を飼っているということを疑っていないのは明白で――。

「ありがとうございます……」

夕妃は罪悪感にかられながらも、うなずかざるを得なかったのだった。

「で、この大量のキャットフードを抱えて帰ってきたというわけだ」

湊が帰宅して、玄関に置きっぱなしの段ボールを見て目を細める。

「うん……断れなくて……」

猫扱いしていた夫の帰りを出迎えた夕妃は、しょんぼりしながら湊を見上げた。

営業部からもらったキャットフードは大量だった。重さはそれほどでもなかったのだが、段ボールいっぱいの高級キャットフードはかさばって仕方なく、タクシーで帰ってきた。マンションのエントランスを段ボールを抱えてヨロヨロしながら歩いていると、正面のカウンターにいたコンシェルジュが慌てた様子で飛んできて、段ボールを台車に乗せて、玄関まで運んでくれたのだ。

「猫ねぇ……」

湊はクスッと笑って、ネクタイを緩めながら、うつむく夕妃の顎先を指で持ち上げる。

「まさか俺のことをそんなふうに言っていたとはね」

「だっ……だって、家に待ってる人がいるって言うとすごく追及されるし……猫ならいいかなーって」

「まぁ、確かにそうだな」

湊は背中を丸めて、夕妃の頬にキスをする。

「で、これはどうするの」

そのままふたりは湊の衣裳部屋へと入る。

「あ、それはね、朝陽くんに聞いたら知り合いに猫飼ってる人がいるんだって。だからその人にあげようと思って。とりあえず明日、直接朝陽くんがここに取りに来ることになったの」

「なるほど」

神尾はうんうんとうなずきながら、脱いだスーツの上着をハンガーにかけると、両手で夕妃の顔を包み込み、今度はおでこにキスをした。

懇親会で少しだけアルコールを取ったようだ。いつもより少しキスが多い。

（嬉しいな……）

夕妃はちょっと照れながら、湊が脱いだスーツの上着にブラシをかける。

シャッシャッとブラシの音が響く中、背後で湊はルームウェアに着替え始める。

「ところで営業の澄川くんとは仲がいいのかな？」

「澄川さん？　あ、今日恭子さんと三人で、ランチに行ったけど」

営業部で人懐っこい人だから、よく話しかけられるような気もするが、それは自分に限ったことではないはずだ。

「ふぅん……」

だが返ってきたのは含みのある相槌だった。明らかに納得していないような雰囲気が漂っている。

「ふぅんって……ひゃあっ！」

なんとブラシをかける夕妃の後ろから湊が抱きついてきて、それだけならまだしも、外から帰ってきたばかりの冷たい手を、着ていた部屋着の中にいきなり入れてきたのだ。湊の大きな手のひらが、するりと夕妃のウエストを撫でる。

「つつ、冷たい〜っ……！」

思わず身をよじる夕妃だが、湊はクスクスと笑いながらもさらに手を奥に入れてくる。そして首元に唇を押しつけささやいた。

「ダメだよ、我慢して」

「がっ、我慢って、なんでっ……？」

湊の指先が、唇が、なにを意味しているのかすぐにわかって、まさかこんなところで抱かれることになろうとは思わず、赤面した。

「なんでって……」

うなじに湊の熱い吐息が触れる。

「わからない？」

「わ、わからないよ……っ……」

「じゃあやっぱりお仕置きだ」

低い声でささやく湊の声にはとても艶があり、それだけで夕妃は頬が赤くなる。

「じゃあって、なに、じゃあって……あっ……もうっ……ばかっ……」

湊の両手が夕妃の胸を優しく包み込む。そして指が、的確に夕妃のツボに触れていく。唇が、舌が、一瞬で夕妃の心と体をとろけさせてしまう。

「ほら、頑張って。倒れてはダメだ」

「そんなぁ……」

夕妃の手からブラシが落ちる。足元でカランと大きな音がしたがそれどころではない。すぐに立っていられなくなって、膝がガクガクと震えた。

だが湊は夕妃が楽をすることを許さない。

「ここにつかまって、しっかり自分の足で立ちなさい」

湊は夕妃の手をクローゼットの棚に置かせて、さらに激しく後ろから夕妃に愛撫を重ねる。

めちゃくちゃに甘やかされる日もあるが、どうやら今日の湊は意地悪モードらしい。

(もうっ、湊さんの……意地悪ーっ!)

だが夕妃の体も心も、湊を受け入れてしまう。夜ごと湊に愛されて、自分の体は半年で作り替えられてしまった。だから観念するしかない。

夕妃は甘くとろけるような波に飲み込まれるように、目を閉じた。


翌朝――。

「いってきます。愛してるよ」

「いってらっしゃい……私もあいしてる……」

早朝、祝日にもかかわらず機嫌よく仕事へ出かけていった湊を、起きられない夕妃はベッドから見送った。

激しく愛された夜だった。だからこの状況は半分彼のせいでもあるが、湊は仕事に行ったのだから、こんなことで起きられないというのも少し恥ずかしい。

「うーん……」

シーツの中で体を伸ばした後、夕妃はなんとかベッドから起きてシャワーを浴び、身支度を整える。それから濃い目のコーヒーを淹れていると、十時過ぎに朝陽からスマホへ【もうすぐ着く】というメッセージが届いた。

コンシェルジュに弟が来る旨を告げ、それからしばらくして玄関のドアのインターフォンが鳴る。

「いらっしゃい」

ドアを開けると同時に、朝陽が玄関に飛び込んできて、脇の下に手を入れ、ひょいっと夕妃を抱き上げた。

「おっはよー！」

「きゃあっ！」

子供のように抱き上げられて悲鳴をあげるが、

「姉ちゃん、ちょっと育ったんじゃないの？」

朝陽はニコニコ笑って夕妃を見上げている。

その笑顔はまさに大好きな弟のもので、夕妃は嬉しくなったが、体重に関しては
ちょっとばかり気にしていたので、育ったと言われて若干傷ついてしまう。

「そんなこと言わないでよ……気にしてるんだから」

夕妃が困ったような表情で弟を見下ろすと、

「はいはい……」

ピーコート姿の朝陽は苦笑して夕妃を床に下ろし、それから玄関に置きっぱなしの
段ボールを見て首をかしげる。

「これが例のキャットフード?」

「うん。すごくたくさんあるんだけど」

「いやいや、いいよ。先輩の実家、猫三匹いるんだって」

朝陽はしゃがみ、段ボールの中身を覗き込んだ。

「先輩?」

「うん。卒業してるんだけど元寮長でたまに遊びに来るんだ。今日、帰りにでも持っ
ていくよ」

朝陽は靴を脱いで、夕妃とリビングに向かう。

「コーヒー、飲む?」

「飲むー。あと腹減ったからなにか食べさせて」

朝陽はコートを脱いでソファに置くと、キッチンに立つ夕妃の隣に移動した。

「朝食べてないの？」

彼が入っている寮は、食堂がついていて、朝晩食事が出るはずだ。

「いや、食べたけど消化した」

「ふふっ、そっか」

朝食を食べない湊と暮らすようになってから、作る機会は著しく減っている。そして朝陽と一緒に暮らしていた時は、彼は弁当を含めて一日六食も食べていたことを懐かしく思い出し、夕妃は冷蔵庫を開けた。

朝陽は身長百九十センチ超えのラガーマンだが、顔は夕妃とよく似ている。柔らかそうな髪と、おっとりした優し気な二重まぶたで、どこか犬っぽく、撫で回したくなるような雰囲気がある。

「たまには泊まりに来たらいいのに」

結婚して半年、朝陽が泊まりに来たことは一度もない。

寝ぐせを直すためにシャワーを浴び、ドライヤーをかける朝陽の背中にそう言うと、彼はわしゃわしゃと髪をかき回して整えた後、振り返った。

「湊さんもそう言ってくれるけど、新婚半年の姉夫婦の邪魔をするのもなーって」

「なにそれ。半年前はいきなり私のこと置いていったくせに」

湊のマンションに転がり込んだ初日、たった半日で弟は姿を消したのだ。忘れたとは言わせない。

「あ、今それを言う?」

朝陽はニヤリと笑いながら、そのまま夕妃の頭をポンポンと叩く。

「でも結果よかったでしょ〜」

「もうっ、そういう問題じゃないの」

あの後のことを思い出すと、夕妃は今でも顔から火が出そうになる。だが朝陽はそんな夕妃を見て、優しく目を細めるのだ。

「姉ちゃん、今幸せ?」

「うん……」

それは確かにそうだ。時折、こんなに幸せでいいのかと思うことがある。

「俺の男を見る目は正しかったな」

朝陽が自慢げに胸を反らすので、夕妃は笑うしかなかった。

身支度を整えた朝陽と街に出る。今日は久しぶりに暖かい。気温は冷たいが、ポカポカとした太陽の光が街に降り注いでいる。今年もあとひと月。街の雰囲気はクリスマス一色だ。

あちこちのビルからクリスマスソングが聞こえてくる中を歩きながら、

「なにか欲しいものがあったら、なんでもお姉ちゃんに言いなさい」

夕妃はえへんと胸を張って、隣を歩く朝陽を見上げた。

夕妃自身はそれほど物欲がなく、むしろ朝陽になにかを買ってあげるというほうがずっと楽しい。今日を楽しみにしてきたので、すでにワクワクしていた。

「なんだよ、姉ぶっちゃって」

「ぶってないよ、実際、姉でしょ、姉」

ふたりで暮らしていたころはカツカツの生活だったが、今は当然余裕がある。

当時弟は不満ひとつ言わなかったが、不満がなかったのではなく、夕妃を気遣って言わなかったのだ。だから今、できる限りのことをしてあげたいと思うのは、当然の姉心だ。

「じゃあお言葉に甘えてランニング用のシューズでも買ってもらおうかなぁ〜。もうすぐへたりそうなんだよな」

というわけでスポーツショップへと入り、たっぷり二時間ほどかけて二足のシューズを選び、夕妃が支払いを済ませて店を出た。

「姉ちゃん、ありがとう。大事に履くね。湊さんにもよろしく言っといて」

「うん」

聡《さと》い弟は、こうやって夕妃が姉っぽく振る舞えるのも湊のおかげだとちゃんとわかっている。

(やっぱり私、今とっても幸せだ)

夕妃はここにいない湊へ感謝の気持ちでいっぱいになった。

それから喉が渇いたという朝陽の誘いに乗って、近くにあったコーヒーショップでお茶をすることにした。

「姉ちゃん、やっぱり俺、ホットケーキも食うわ」

レモンティを飲んでいた朝陽が、突然物足りないという顔で立ち上がった。

「それお昼?」

夕妃はココアを飲みながら苦笑する。

「いや、お昼前のおやつ。買ってくる!」

朝陽はまじめな顔で首を振ると、財布を持って注文カウンターへと向かった。

背は高いが顔がかわいらしい雰囲気の朝陽は、よく目立つ。朝陽を目で追いかける女の子があちこちのテーブルにいるのがなんとなく姉として誇らしい。

夕妃はテーブルの下のカゴから備えつけのブランケットを引っ張り出して、コートの膝にのせる。それから湊にメールでもしようかとバッグからスマホを取り出したところで、頭上から声をかけられた。

「——失礼ですが、先日の方ではないですか？」

「え？」

スマホを持ったまま顔を上げると、スーツ姿の男性が立っていた。鮮やかなブルーのスーツの上にコートを羽織っている。三十代半ばの、彫りの深い顔立ちの男性だ。

(先日の……って)

ほんの少し考えていると、

「空港でお会いした者です」

彼はにっこりと人懐っこい笑顔を浮かべた。

「——あ！」

言われて気がついた。湊の出張に同行した時、空港で声をかけてきたあの男性だ。

「空港のラウンジでお話ししましたね」

突然のことに驚いたが、秘書をしていると、湊の仕事相手からこうやって声をかけられることは過去何度かあった。

夕妃はよそゆきの笑顔を浮かべて、うなずいた。

「ええ、そうです。よかった思い出してもらえて」

あの時もそう思ったが、やはり華やかな男だ。原色の花のように鮮やかな雰囲気を身にまとっている。

「またどこかでと言いましたが、本当にまた会えるとは思わなかったな」

彼はテイクアウト用の紙袋を持っている。本当にたまたま通りすがっただけなのだろう。それをちょっとおどけるようにして持ち上げる。

確かにこんな偶然の再会、なかなかあるものではない。そして仕事モードではない、完全にオフの自分が発見されるとは思わなかった。どちらかというと童顔であどけない顔をしている夕妃は、今でも大学生に間違えられることもあるのだ。

(私もようやく少しは秘書らしい落ち着きが出てきたってことかな)

そう思うとほんの少し嬉しくなる。

「お仕事ですか?」

「ええ」

彼は胸元から名刺ケースを取り出すと、一枚差し出してきた。受け取って目を通すと、そこには誰でも知っているようなアメリカの超一流コンサルティング会社の名前が書いてある。どうやら彼は、港区《みなとく》にある日本支社の一員らしい。

「すみません。今、名刺を持たなくて」

「構いませんよ。一方的にお渡ししただけなので」

そして彼はにっこりと笑って、「ではまたどこかでお会いできたら、今度はお食事でもどうですか?」と会釈し、夕妃が苦笑すると同時にその場を立ち去ってしまった。

(さすがに三回目はないんじゃないかな……)

そう思いつつ、夕妃は名刺をバッグの中にしまい込んだ。

「ねーちゃん、今の誰?」

どうやら今のやりとりを見ていたようだ。朝陽が怪訝そうな顔をして戻ってきた。

「以前仕事中にお会いした人」

「へー……」

椅子に腰を下ろしながらも朝陽の表情は浮かない。

「どうしたの?」

高校生の朝陽が、外資系コンサルのエリートサラリーマンに面識があるはずがないが、その表情が妙に気になった。

「……どこかで見たようなって……いや、気のせいだと思う」

「そうなの？」

夕妃はひっかかるものを覚えつつも、結局そのまま流してしまった。


その後、ふたりであちこちを半日ほど歩き回った後、夕方にはマンションに戻り、朝陽は大量のキャットフードが詰まった段ボールを軽々と抱えて帰った。

「せっかくだから夕食も一緒に食べていったらいいのに」

見送りながらもついそんなことを言ってしまうのは、やはり寂しいからだろう。

だが朝陽は、「また来るよ」と笑ってエレベーターに乗り込んでしまった。

（これが子離れ、親離れってやつ……だったりして）

姉と弟という関係で、我ながらおかしなことを考えると思ったが、夕妃の中ではそう遠くない。

「はぁ……」

夕妃は若干落ち込みながら、そのままソファへ身を投げ出した。

夕妃と朝陽の両親は、夕妃が中学生になる前に離婚していた。そして夕妃と朝陽が再会したのは、朝陽を連れていった母が再婚にあたり、朝陽を夕妃に〝押しつけた〟時から始まる。

いきなり母にファミレスに呼びつけられた時は驚いたが、その隣にいる長身の弟の姿には、もっと驚いた。記憶の中の弟は小さいままだったので、自分よりずっと大きい中学生の弟に、夕妃は圧倒されてしまった。

『あんたの弟なんだから、ちゃんと面倒見なさいよ』

母は早口でそう言い放つと、呆然と目を丸くする夕妃が止める間もなくその場を立ち去ってしまった。

(私の弟……朝陽くん)

夕妃がこのファミレスに来た時から、彼はうつむきっぱなしで顔はよくわからなかった。とりあえず目の前の冷えてしまったココアを飲み、それから相変わらず顔を上げない弟を見つめる。

学費は払う。生活費も多少渡す。だけど一緒に住むことはできない。私には私の人生があり、幸せになる権利がある——。

そんなことを一方的に聞かされている間、朝陽は窓際の席でじっとうつむいてピクリとも動かなかった。異議も唱えず、ただそこにいた。体は大きいけれど、まるで親とはぐれ、住処《すみか》の穴に戻れなくなった迷子の子熊のように見えた。

(なんて言ったらいいんだろう……)

つい最近、夕妃も父から再婚すると聞いて、家を出ることを決めたばかりだった。

正確には『出ていってほしい』と言われたのだが、もともと卒業したら出ていこうと思っていたので、それほどショックはなかった。ずっと、いつかこんな日が来ると覚悟していた事態だった。だがこの状況は、想像していなかった。

(ビックリした……けど……)

自分以上に戸惑っているのはこの弟のはずだ。とりあえず自分は成人し社会人になるが、朝陽はまだ中学生で、保護者の庇護《ひご》がなければ生きていくこともできないのだから。

(当たり前だけど、すごく不安だろうな……)

夕妃はテーブルの上に身を乗り出し、朝陽に話しかけようと口を開いた。

『あの……』

その瞬間、ほぼ同時に、

『――てめぇの息子じゃねぇのかよ……っ』

絞り出すような声がして、夕妃は息をのんだ。

先ほど母が『あんたの弟なんだから』と言って逃げたことを思い出した。

朝陽の目から、ポタポタッ……と、テーブルの上に大きな水滴が落ちる。

『久しぶりだね。私のこと覚えてる？』とか『これから仲よくしようね』とか、いろんな言葉が夕妃の中からこぼれ落ちていく。

夕妃は席から立ち上がり、朝陽の隣に腰を下ろしていた。そしてただ無言で、涙をこぼし続ける朝陽の隣にいた。

夕妃にとって、朝陽が絶対に守らなければならない宝物になった日だった。

それから四年、ふたりで慎ましく生きてきて、夕妃はエールマーケティング社長の神尾湊の妻になり、朝陽は家を出て学校の寮に入った。もちろん湊は朝陽に『一緒に住もう』と言ってくれたのだが、朝陽には朝陽の考えがあり、断られてしまったのだ。

とはいえ、寮生活も楽しんでいるらしいので、あまり心配はしていないのだが――。

夕妃はソファの上に寝転がって、天井を見つめる。

（結婚して半年かぁ……あっという間だなぁ……）

今日のように、朝陽と幸せな時間を過ごせば、もしかしたら過去のいざこざは何事もなかったかのように消えて、このまま幸せに暮らせるのではないかと期待してしまうが、果たしてそんなことがあるだろうか。

人生はいいことも悪いことも半分半分。過去のつらかったこと、悲しかったことは湊と出会ったことで確実に相殺《そうさい》され、むしろ日々の生活の中では幸せしか感じられない。夕妃はそれが怖かった。

幸せに慣れていない、といえばそうなのかもしれない。

（幸せが永遠に続くなんて思えないのは……きっと私が弱いせいだ……）

こんな不安を湊に打ち明けたところで、彼を困らせるだけだ。

「贅沢すぎてバチがあたっちゃうよ……」

ため息をつきながら、目を閉じた。

翌日の朝から、夕妃は展示会に湊と参加していた。ＳＮＳやＷＥＢソリューション、マーケティングを対象としている企業のエキスポだ。出展企業は五百を超えていて、かなり盛況である。各社のＷＥＢ担当や広報、営業が自社製品を売ろうと熱心に声をかけてくる。

「すごい人ですねっ……」

夕妃はスーツ姿でごった返す、黒づくめの会場をキョロキョロと見回しながら、必死で数歩前を歩く湊の背中を追いかける。

「三日間で五万人らしいですからね。迷子にならないように気をつけてください」

「はいっ！」

夕妃は元気よく返事をしたが、湊は振り返ることもしない。だが仕方ない。彼は、歩いているだけであちこちから声をかけられ、各社の担当者に企業ブースに引っ張り込まれているのだ。そして夕妃も、湊の代わりに豪華なフルカラーのパンフレットを受け取ったり、メモを取ったりと大忙しだった。

（このご時世に異色の箔押しフルカラーのパンフレットが重いっ……。手がちぎれそう……！）

紙袋パンパンの資料をいったん整理したいと思いつつも、なかなかその機会が訪れない。そのうち紙袋の底が抜けるのではないかとヒヤヒヤしながらブースを回っていたところで、顔見知りの某企業の取締役と立ち話をしていた湊が振り返って、夕妃を呼び寄せた。

「三谷君、この後の予定、二時間ほどずらしてもらえますか」

「はいっ」

うなずきながら湊が話していた相手を見ると、同じようにどこかに電話しながら時間を作るよう指示している。どうやら雰囲気からして、かなり込み入った話になっているようだ。そして湊は、夕妃に先に社に戻るよう告げて、その取締役とともに立ち去ってしまった。

（先に帰っていいと言われても……）

ひとり残された夕妃は、両手に大きな紙袋を持っている。湊が一緒なら車を使えるが、自分ひとりのためにさすがに車を呼ぶことはできない。

「はぁ……仕方ないか……」

夕妃は両手の紙袋を「よいしょ」と持ち直すと、ヨロヨロしながら出口へと向かった。最寄りの駅まではバスに乗り、それから電車で会社へ戻る。

（紙ってどうしてこんなに重いんだろう……。一枚一枚は軽いのに、束になるとずっしりだ……）

そんなくだらないことを考えつつ会社のビルに到着し、エントランスに入ったところで、「三谷さん」と、澄川に声をかけられた。どうやら彼も外回りから帰ってきたところらしい。

「重そうだね。上まで持つよ」

夕妃の手元を見て、ひょいっと紙袋をふたつ奪い取ってしまった。

「えっ、ありがとうございます。助かります」

それからふたりでエレベーターに乗り込む。ほかにも社員がガヤガヤと入ってきて、人でいっぱいになった。

「三谷さん、社長と例のエキスポ行ってたんだよね。どうだった？」

「ずいぶん盛況でしたよ。そういえばうちは出ないんですか？」

エールマーケティングは去年設立されたばかりの若い会社だ。だからこそ、積極的に展示会に出ていくものだと思っていた夕妃は、不思議だなと思いながら首をかしげる。

「いやー、そういうのは本社がねー」

澄川はそう言って肩をすくめた。ふんわり濁されてしまったが、おそらく本社がいい顔をしないということなのだろう。

「ふぅん……そうなんですね」

なんだか難しい立場なのだなと思いながら、夕妃は湊のことを思う。

秘書として仕事中に見る神尾湊はいつもどこか張り詰めている。もちろん家に帰るまでにオンとオフを切り替えてくるようだが、湊の苦労を思うと胸の奥がきゅっと締めつけられる。

そこで澄川がふっと思い出したように問いかけてきた。

「あ、あのさー、そういえば猫ちゃんどうだった?」

「えっ、ああっ、まだあげてないです……!」

「ああ、そうだよね。使ってるやつあるしね。食べたら感想聞かせてね」

澄川の感じのいい笑顔に、夕妃は慌ててうなずく。

「は、はい……」

(大変だ……! 朝陽くんに聞いてもらわなければ……!)

夕妃は愛想笑いを浮かべながら、さらに頭を下げた。


帰宅して、湊が好きなメニューをあれこれと作っていると、夜の九時を回っていた。あの後、湊が本社に行ったことは知っている。特に連絡がないので、おそらくもうすぐ帰ってくるはずだ。

(私ができることなんて本当に少ないけど、せめて湊さんがホッとできるような環境を作って出迎えよう)

そうやって、ベッドのシーツを変えたり、アロマを焚いたり、お風呂に置くバスタオルをとっておきのものと換えたりしていると、帰宅を知らせるチャイムが鳴った。

夕妃は急いで玄関へと向かい、ドアを開ける。

「おかえりなさい！」

「……ただいま、夕妃」

湊がにっこりと笑って、抱きついてきた夕妃をコート姿のまま片腕で抱きしめる。

湊の頬に触れると、氷のように冷たかった。

（湊さん、冷たい……。車使わずに、どこからか歩いて帰ってきたのかな……）

家に仕事を持ち込まない、愚痴をめったにこぼさない、湊らしい頭の切り替え方だ。だったら自分はいつも通りに振る舞うのが、一番いい。

夕妃は顔を上げ、そのまま湊の手からバッグを取ると、にっこりと笑った。

「お風呂どうぞ」

「ありがとう」

湊は夕妃の頬にキスをして、どこか切なげに見つめた後、両腕で上半身をぎゅっと抱きしめる。湊は無言だったが、夕妃はなにも言わずに、ただ抱きしめられるがままになっていた。

湊がようやくホッとした様子で口を開いたのは、ベッドに入ってからだ。

夕妃は編み物がそろそろ仕上げにかかっていて、もくもくと編針を動かしていた。

それまでどこかぼんやりとタブレットを眺めていた湊が、ベッドサイドのテーブルにウイスキーのグラスを置いて、そのまま夕妃の肩にコテンと頭をのせた。

夕妃が編み物の手を止めると、「そのまま続けて」とささやく。

「俺は編み物はまったくわからないけど、それを見ているのは割と楽しいんだ」

「うん」

夕妃は気を取り直して編み棒を動かし始める。

「今日は……少し、疲れた」

「うん」

夕妃は「うん」と相槌を打つだけで、それ以上なにも聞かなかった。ただ、疲れたという湊が休める時間と場所を作るだけだ。だが肩の上の湊はそれで満足しているのか、リラックスした様子で夕妃の手元を見つめている。

静かな部屋で音はほとんどしない。

そうやって、しばらくの間夕妃は編み物をしていたのだが、ふとした瞬間に、肩に頭をのせていた湊がずっしりと重くなったのに気がついて、手を止めた。

横目でちらりと見れば、湊は目を閉じており、胸のあたりが上下に動いていた。

(寝てる……)

夕妃は湊を起こさないように手元の毛糸をカゴの中に入れ、それから湊の頭を抱きかかえるように、膝の上にのせる。眼鏡を外し、さらさらの黒髪をすくように、指を滑らせた。

「お疲れ様、湊さん……」

秘書として湊の仕事を見ているからこそ、社内の空気も、おそらく湊が抱えている日々の重圧も目に見えて感じることができたが、あえて過剰に反応しないように心がけていた。

上司と秘書のオンとオフを、ごっちゃにしない。

(ただ私はそばにいることしかできないけれど……)

そういえば、あの時も——。

ふと、半年前のことを思い出していた。

甘えてほしいウィークデイ　～上司と部下になる前のふたり～

「おはようございます、夕妃さん」

どんな顔をしていいかわからず、むやみに早起きしてキッチンでコーヒーを淹れていたら、スーツに着替えた神尾と鉢合わせした。

朝の六時になったばかりで、まさかこの時間に顔を合わせると思わなかった夕妃は、慌ててキッチンの明かりを頼りに、メモブロックの上に文字を書きつけ差し出した。

【昨晩はお台所を勝手に使ってすみません】

「いえ、こちらこそ美味しい夕食をありがとうございました。おかげ様で久しぶりに人らしい食事ができました」

どうやらあの後、夕妃の手料理を食べてくれたらしい。使った食器が備えつけの食器洗浄機の中に入っていた。

【ご迷惑ではなかったですか？】

「まったく。とても嬉しかったです」

そして神尾はクスッと笑って、食器棚からカップをふたつ取り出し、慣れた様子で夕妃が淹れたコーヒーをそこに注ぐ。

「ブラックでいいですか？」

神尾の言葉に夕妃はうなずいた。

キッチンのそばのカウンターで、ふたりは立ったままゆっくりとコーヒーを飲む。

そこには昨晩の夕妃が巻き起こした一連の騒動の名残はないように思える。

（でもこれって神尾さんが大人だから、まったくそんな気配を出していないだけだよね……）

昨晩、風呂で溺れかけたことを思い出すだけでも、胃が痛くなる。

「夜が遅いので、私はいつも朝はコーヒーだけなんですよ。夕妃さんは？」

軽やかに問いかけてくる神尾に、夕妃はペンを走らせた。

【私も似たような感じです。朝陽くんの分はいつも作っていたんですけど、見てるとお腹いっぱいになってしまって】

「ふぅん……」

（……っ⁉）

思ったより近くで声がして、夕妃は飛び上がらんばかりに驚いた。なんと気がつけば正面にいたはずの神尾が、夕妃の背後に回って手元を覗き込んでいるのだ。さらに大きな手がすっと伸びてきて、興味深そうにメモの上の夕妃の文字をなぞっている。

(なんなの、どうしたの、どうしたらいいのっ⁉)

もちろん神尾のほうがずっと背が高いので、近いといっても密着しているわけではないのだが、やはりどうしても意識してしまう。

昨晩、自分が臆病なせいで神尾を受け入れられなかった夕妃だが、なにを思ったのか神尾は、『諦めませんから』と宣言した。そして『あなたが憂いなく俺のものになりたくなるように、努力しますので』と言い切って、夕妃を驚かせた。

おかげで夕妃は一睡もできなかったのだ。

(神尾さんがなにを考えているのか、全然わからない……!)

なんとか心を落ち着かせ、ちらりと振り返ると、背後でコーヒーを飲んでいる神尾ににっこりと微笑まれた。

「よかったら僕の名前を書いてもらえませんか。神尾湊といいます。神様に尾っぽ、サンズイにカナデで、湊です」

(みなと……)

彼らしい、涼しげできれいな名前だと思った。これでようやく彼のフルネームを知れたことになる。

【神尾湊】

意識して丁寧に書く。振り返ると、

「ありがとうございます」

嬉しそうに目を細める神尾と目が合った。

「これ、記念にもらってもいいですか？」

こんなメモを？と思ったが、ダメだというのも変な気がして、うなずいた。

神尾はメモを丁寧に破り取ると、スーツの胸ポケットから銀色の名刺入れを取り出して、そこに折り畳んで差し込む。そして両手をカウンターにつき、夕妃が逃げられないよう囲い込んでから顔を近づけた。

「というわけで、今度から名前で呼んでほしいな」

（えっ⁉　というわけで⁉）

「俺のこと、名字じゃなくて、名前で呼んでほしい」

（口に出せないのに？）

目が点になる夕妃だが、神尾は相変わらずの涼し気な笑顔を浮かべている。

「心の中でいいんですよ。それでも俺は、あなたに湊って呼んでほしい」

匂い立つような艶やかさでささやくと、さらに顔を近づけてきた。

(近い〜っ!)

息をするのもためらわれるほど、神尾──湊との距離が近くなる。

「あれ、驚いてますね。どうしてですか？　言ったでしょう。諦めないって」

(確かに言ったけど……でも、その、えっ!?)

夕妃は目を丸くする。湊の作り出したこの流れについていけない。

「君は俺とキスする時、とてもかわいい顔をしていた。またあんな顔が見たい」

湊がしっとりとした声でささやく。

彼の背後にある大きな窓から、きらきらと太陽が昇り始めるのが見える。眩しい太陽の光に照らされたスーツ姿の湊は、うっとりするほどきれいだった。まるで朝日に照らされる神様の彫像のようだ。

実際、生まれる前から神様に選ばれる人というのは、いるのだ。

例えば、この神尾湊もそうだろう。

(王子様……だ)

夕妃はそんなことを思いながら、徐々に近づいてくる湊を見上げる。

逃げられない。本当は逃げるべきなのに、体が動かない。いや違う。心が逃げることを拒否しているのだ。惹かれるのを止められない。

「泣きそうな顔をしているね。それは俺のせい？」

少し困ったように笑う彼は、魅力的だった。

（確かに、神尾さん……湊さんのせいといえば、そうだ）

だがそれは自分の弱さのせいであって、湊になにか問題があるわけではない。

顔を寄せてきた湊の黒髪が、夕妃の髪と混じる。

（キス、しちゃう……）

唇が触れ合うまでほんの数秒、夕妃が息を吸い込んだその時。ピピピ……と小さな電子音がした。その瞬間、湊はそのまま回り込むようにして唇を避けると、夕妃の頬に軽くキスをする。

（へっ……？）

目を丸くすると、湊が顔を離してにっこりと笑う。そして夕妃を閉じ込めるためにカウンターについていた腕を引き、紳士的な笑顔を浮かべて手首のスマートウォッチに目を落とした。

「迎えが来たようです」

どうやら仕事らしい。電子音は彼の時計からだったようだ。

（そういえば昨晩、スマホが水没したんだっけ……）

申し訳ないと思いつつ、急に夢から現実に戻ってきたような気がして、夕妃はうなずいた。

「だけど、あなたの残念そうな顔が見られてよかった」

（えっ、そんな顔してた⁉）

思わず両手で顔を挟むと、湊がクスッと笑う。

言われてみれば、ちょっと残念だったと思ったのは事実のように思う。思うが、それを見透かされるというのが恥ずかしかった。

（私、顔に出すぎなんだろうか……）

「そういえば、昨晩朝陽くんから連絡がありました。恋人の部屋から学校に通うようです」

（えぇーっ！）

「ふたりきりですね」

湊はそのままくるりと踵を返し、玄関へと向かう。

（えっ、ふたりきりっ？　昨晩だけじゃなくて、まだふたりきりっ⁉）

夕妃はなにか言わなければとアワアワしながら湊の後を追いかけた。そして手元のメモに書きつける。

【私、どうしたらいいんですか⁉】

我ながらおかしな問いかけだったと思う。けれど夕妃には本当にわからなかった。なにをどうしたら他人を傷つけなくて済むのか、迷惑をかけなくて済むのか。

すると、湊は革靴を履いて振り返り、そのメモに目を落とす。

「どうしたらいいか……か。なるほど」

湊はどこか楽しそうにその文字を読むと、緊張で顔を強張らせている夕妃の顔を覗き込んだ。

「もっと気楽に、肩の力を抜いて、俺に甘えてみたらどうですか？」

甘えて——。

実に単純な湊の要求に、心臓がドキッと跳ね上がった。

そして湊は立ち尽くす夕妃に、「では、いってきます」と告げて、マンションを出ていった。

（甘えて、なんて、人生で初めて言われたかも……）

出会ってからずっと湊にはドキドキさせられているが、今ほど気分が高揚し、新鮮な、目が覚めるような驚きを与えられたのは初めてだった。

幼い頃から両親の不仲を見ていて、両親が離婚後も、自分がしっかりしなければとずっと思っていた。自分以外の誰かに迷惑をかけないよう、それだけを考えてきた。朝陽と一緒に住むようになってからも、その気持ちは変わらなかった。むしろ朝陽のためになんでもしようと思っていた。

人生に不満なんてない。他人と自分を比べることもない。私はこういう星のもとに生まれたのだと、すべてを受け入れてきたつもりだった。

なので自分が他人に甘えるなんて想像もつかない。

（いや、でもこの状況がすでに十分甘えてるのに……これ以上どうやって……）

まじめに考え込みながら、ふと気がついた。

このいちいち理由を考えてしまう態度が、要するに湊が言う『気楽に、肩の力を抜いて』から離れていっているのかもしれない。

今日は水曜日。夕妃はたとえクビになるとしても、月曜日は会社に行かねばならないので、湊との生活も、今日を含めてあと五日ということだ。

（五日間……かぁ……）

あと五日ですべてが終わる。湊とふたりきりの生活はひと時の夢には違いないが、おそらくこんな夢は二度と見られないだろう。

もちろん自分の複雑な状況を忘れてはいない。こうなってしまったのはすべて自分の責任とわかっている。だがそれとは別問題として、おそらく長い人生において、たった五日——誰かに甘えて生きても、バチはあたらないのではないか。

急に、そんな気持ちが湧き起こってきたのだった。


湊が帰宅してきたのは、夜の八時過ぎだった。

「ただいま戻りました」

夕妃が出迎えると、湊が大きなフラワーアレンジメントを差し出してきた。

「俺から夕妃さんに、と言いたいところですが、もらいものです」

ビタミンカラーを中心としたかわいらしくて元気の出るアレンジメントである。受け取ったが、両腕で抱えるような大きさだ。

(すごい……かわいい!)

ずっしりとした重さに驚いていると、「取引先の試作品ですよ」と、湊がアレンジメント越しに体を近づけてくる。

「ところでなんだかいい匂いがするんですが、なんでしょうか」

その言葉にハッとして、夕妃は部屋の中を振り返った。

「もしかして今日も夕食を作ってくださっているんですか」

（そうです）

心の中で返事をして、うなずいた。

冷蔵庫の中にはたっぷりの食材が詰め込まれていた。最初は一緒に住んでいた女性がいたのではなどと考えた夕妃だが、湊がそんな男ではないということは、もうわかっていた。おそらく彼が一日中この部屋にこもっている夕妃のためにと、事前に用意してくれたのだろう。

「すごいな……」

魚の煮つけ、野菜の炊き合わせ、なめこのお味噌汁に、お揚げの炊き込みご飯だ。ネクタイを緩めながら部屋の中にやってきて、湊は並べられた料理に目を細める。

「甘えてと言ったのに」

その言葉を聞いて、夕妃はメモにペンを走らせた。

【これは私がやりたいことです。美味しいものを食べるのも作るのも好きです】

すると湊がクスッと笑って、うなずいた。

「若干俺にとって有益すぎる甘え方だけど、ありがとう」

【どうぞ召し上がれ】

夕妃も笑って、それに応えた。

湊との食事は楽しかった。もちろん夕妃はほぼ聞き役なのだが、湊の話は多岐に渡っていて、たとえば夕妃の趣味が編み物だと知ると、冬が長い北欧で編み物をして過ごす友人家族の話をしてくれた。自分はほとんど口がきけず筆談なのに、会話が弾んでいるような気がして、ずいぶん気持ちが明るくなった。

（楽しいな……）

食事を終え食器を片付けた後、ふたりでお茶を飲む。ちなみにお茶は湊が淹れてくれた。手際のよさに驚いたが湊はお茶の類が好きでよく飲むという。

そうやって今度はお茶の話になり、気がつけば夜中の十二時近くになっていた。

（大変だ……私、楽しくて夢中になっていたけれど、湊さんは明日も仕事なのに）

ハッとした夕妃は、湊の手首の上の時計を指さす。すると、湊はふっと笑って、隣の夕妃の顔を覗き込んできた。

「しまった。時計、外していればよかったな」

まるで湊もまたこの時間を楽しんでくれたような言い方に、半分気を使ってくれたのではと思いつつも、夕妃は嬉しくなった。

【ありがとうございます】

「なにが？」

夕妃のメモを見て、湊が不思議そうに首をかしげる。

（なにがって……本当にわからないのかなぁ……）

湊の無自覚な善意に、夕妃は温かい気持ちになりながら、理由を書き並べた。

【安心して眠れる場所、楽しい時間、美味しいお茶】

「盛りだくさんだな」

テーブルの上に次々と置かれていくメモ用紙に、湊がクスッと笑う。

【もっとあります】

「じゃあもっと教えて」

その言葉に、夕妃は考えながら、ペンを走らせた。

【一番は甘えていいと言ってくれたこと。すごく嬉しかったです。だから今日一日、とても幸せだった】

そう、幸せだった。楽をしてはいけない、自分が我慢をすればいい、そんなことが当たり前だと思っていた日々の中で、そうじゃない考え方もあるんだよと教えてもらえたような気がして、本当に楽になれた。

「本気だよ」

顔を上げると、湊のきれいな顔がすぐそこにあった。ソファの背から体を起こして、じっと夕妃を見つめている。

「もっと俺にしてほしいことがあったら言ってほしい」

それからペンを握る夕妃の右手を、左手で、包み込むように重ねた。

（私のしたいこと……湊さんにしてほしいこと……）

胸の真ん中で、心臓がドクドクと跳ねている。全身の血液がすごい勢いで駆け巡って、顔に集まっている。

（私のしたいことは……）

「顔、真っ赤だ」

からかうように、湊の手が夕妃の頬に触れる。指が頬を撫で、そして耳をつまんだ。

（あっ……）

夕妃は身をよじったが、もちろん不快というわけではない。

「耳も熱いね」

くすりと笑う湊の目は、まるで膜を張ったようにきらきらと濡れていて——。

夕妃は、持っていたペンを握る指に力を込め、それから自分の意志で、メモの上に文字を書いた。

【あなたとキスがしたい】

こんなことを自分で意思表示したのは、生まれて初めてだった。

もちろんある程度のことは自分で選んできたつもりだけれど、結局自分の主義主張を通すには、自身の社会的階級や経済力、人脈などのバックグラウンドが必要だ。自分のキャパシティー以上の大きな壁に立ち向かって、ぶつかるなんて、無駄でしかない。結局最後に砕け散るのは、自分なのだから——。

(それでも私……やっぱり……)

近づいてくる湊の気配を感じて、夕妃は目を閉じる。

顔を傾けた湊が夕妃の唇にキスをする。最初は柔らかく、感触を確かめるように触れて、それから離れる。

(湊さん……)

目を開けると、じっと自分を見つめる湊と目が合った。

昨晩のベッドの上でのキスとは違う。明るいリビングの明かりの下でするキスは、なぜかずっと煽情《せんじょう》的に思えた。

彼の指が、下ろした夕妃の髪の中を優しく梳く。

その指使いはなだめているようにも、落ち着かせているようにも、夕妃の厳重に鍵がかけられている心の扉を開こうとしているようにも感じられた。

「……夕妃さん、口を開けて」

何度か唇を重ねた後、湊がささやく。

言われた通り、ぼうっとした意識の中で口を開くと、湊のキスが深くなる。熱い舌が口の中に入ってきて、夕妃の中を這う。煽情的な動きに心と体が湊に徐々に染められていく。

夕妃はうっすらと目を開けて、湊と見つめ合った。

今朝、湊は『あなたは俺とキスする時、とてもかわいい顔をしていた。またあんな顔が見たい』そう言っていた。その言葉の通り、湊はじっと夕妃を見ていた。彼の言葉、口づけ、指先、眼差しから――夕妃に向けられる情熱が伝わってくる。

「……大丈夫ですか？」

長いキスの時間の後、湊がぐったりと力が抜ける夕妃をかかえるようにして抱き、問いかける。

（大丈夫かって……大丈夫だけど、大丈夫じゃない……かも）

夕妃はぼうっとした意識の中で、うなずいた。

「ゆっくり深呼吸して……」

湊の言葉に合わせて息を吸い、吐き出す。

「本当は、このままあなたをベッドに連れていきたいと思っていたけれど……やめておきます」

夕妃の背中を大きな手のひらが撫でる。

（それって……どういう意味？）

夕妃は湊の胸に抱かれたまま、顔を上げる。

この後のことなんかまったく考えていなかったが、ベッドに行くという言葉の意味は当然わかるし、こんなふうに求め合うようなキスをしておいて、そういうつもりはないと言われるほうがずっとショックだった。

湊が、夕妃が思うほどは自分を求めてくれていないのかもしれないと思うと、やはり胸が苦しくなる。

すると湊はふっと笑って、そのまま夕妃の額にキスを落とした。

「またそんな泣きそうな顔しないで。俺が言ってるのは、あなたに無理をさせない自信が俺にないってことだから」

（無理……？）

湊はどこか困ったように視線をさまよわせる。

「だから……言葉のあやでもなんでもなく」

なんでもはっきり言う湊らしくない言葉に、夕妃は首をかしげる。

「うん……だからね、俺はちょっとその……」

（はっきり言ってほしい）

夕妃が湊の胸元を掴んで揺らすと、彼は観念したようにうなずいた。

「俺は今、理性が吹っ飛びそうなくらい興奮してる」

クールで落ち着いた印象の湊から、そんな言葉が出てくることにビックリした。

（こ……こうふん……興奮？）

話してほしいという態度をとっておきながら、夕妃は目を丸くしてしまった。

「今すぐにでも、あなたの恥ずかしがる顔や、泣き顔や、ほかの男には見せたことがないような顔を見たくて、たまらない……」

熱っぽい声に、夕妃の心臓の鼓動は加速していく。すべてをさらけ出さなければならないようなことをするのだと気がついて、恥ずかしくなる。

だが湊は夕妃にわからせるためか、さらに言い聞かせるようにささやいた。

「だけどあなたは今、嫌なことを嫌と言えない状況にいる。筆談しながらセックスするのなんて、実質無理だろう？」

万が一にも夕妃のことを傷つけたくないという湊の言葉に、夕妃は驚きつつも、うなずいた。

（筆談しながら……って……）

その場をなんとなく想像してみたが、さすがにおもしろすぎる。

夕妃が笑うと湊もにっこりと笑う。それから夕妃の頬を指でそっと撫でた。

（ああ、でも笑ってしまったけれど、私、なんでも湊さんはわかってくれるからって、安心していたのは事実だ……）

他人の心を読めるわけでもないのに、身を委ねられたら。もし万が一、傷つけてしまったら……？

夕妃は反省しながら、テーブルの上に手を伸ばしてペンとメモを引き寄せた。

【わかりました】

「本当に？」

【こういうことはお互いの意思が大事】

「そうだよ」

【私甘えてました】

「いや、甘えていいんだけどね」

湊はクスッと笑って、文字の下を指でなぞる。

「ただこういう状況が久しぶりだから、慎重になっているところはある」

（えっ……!?）

自分の耳で聞いておいてなんだが、あからさまな冗談を聞かされたと思った。

【久しぶりって？】

するとと湊が不思議そうな顔をする。

「そんな驚くようなこと？」

【だってぜったいモテモテなのに】

「ふふっ……モテモテだって……」

夕妃の言葉回しがおかしかったのか、湊が苦笑する。

「そんなことはないな。好意を持ってもらったとしても、その好意はあまり長続きしないし」

湊は少し目を細めて、昔を思い出すような表情になる。

「いつも女性には冷たいと言われる。なにを考えてるかわからないと……。努力しているつもりなんだけど……たまに俺はおかしいのかなと思うことがある」

（信じられない……）

とても嘘を言っている態度ではないのだが、嘘としか思えない。湊ほどの男がそんなことで思い悩むなんて想像したことすらなかった。

するとその湊は、ソファの背に体を押しつけ、隣に座る夕妃の肩を抱き寄せた。

「俺の親友が最近婚約したんだけど。誰でも知っているような大会社の御曹司なんだ。まぁ、昔から見た目も言動も行動も、女性関係も派手で、〝軽薄御曹司〟なんて陰口を叩かれても、本人の魅力はまったく損なわれない稀有《けう》な男なんだけど。こいつが三十になって好きになった女性がいて、何度冷たくあしらわれてもめげなくて、なんとか口説き落として、その後は彼女との結婚を許してもらうために大変な努力をしてね……。そういう親友をそばで見ていたら、やっぱり俺には同じことはできないと思うし、同じことはできないなら、冷たいのかもしれないと思うし……」

湊はソファの背にもたれたまま、天井を見て、はぁ、とため息をついた。

「なんだかこういうの、俺らしくないな。誰かにペラペラと自分の気持ちを話すことなんて、今までほとんどなかった……すみません。聞き苦しかったでしょう」

そして、くしゃりと髪をかき上げた。

その横顔はいつもの余裕のある湊ではなくて、どこか純粋無垢な青年のようにも見えて、夕妃の胸は締めつけられる。

（きっと……私がなにも口に出せないから……）

夕妃とコミュニケーションを取るために、湊はいつも以上に自分の心をさらけ出している。だからこんなことになっているのだ。

これが彼の〝優しさ〟でなくてなんだろう？

その瞬間、夕妃の目からポロリと涙がこぼれ落ちた。愛おしいと思うような、切ないと思うような、不思議な涙だった。

だが、天井を見上げている湊は気づかなかったようだ。ホッとしつつ、夕妃は指先で涙を拭った後、うつむいてメモに文字を書きつけた。

【そのままでいい、優しさは人それぞれ。人と違っていい。湊さんは湊さんの方法で人を幸せにしています】

そこまでは一気に書いて――迷いながら最後にひと言、付け加えた。

【私はそんなあなたが好きです】

そしてメモを破って、湊の膝の上にのせて立ち上がった。

メモを膝にくっつけたまま、湊が夕妃を視線で追いかける。

「夕妃さん？」

（おやすみなさい）

少し恥ずかしかったのもある。夕妃は笑顔を浮かべた後、ペコッと頭を下げ、そのまま急いで二階への階段を駆け上がっていた。

(昨晩は大胆なことをしてしまった……)

翌朝、目覚めた夕妃は顔を洗い、身支度を整えたが、階下に下りられないまま、ベッドに腰かけて、両手で顔を覆っていた。

自分から異性に好きだなんて伝えたのは生まれて初めてだった。

もちろん夕妃も、過去に淡い恋くらいしたことがある。けれど恋に恋をしているような、子供の恋だった。そんなことを数回繰り返して、気がつけば夕妃は大人になって、今初めて本気の恋に落ち、戸惑っている。

(でも、いつまでもここで頭を抱えているわけにはいかない)

時計を見ると、朝の七時だった。夕妃はぱちんと両手で頬を叩くと、気合いを入れてベッドから立ち上がり、ドアを開ける。すると階下からふんわりとコーヒーの匂いが漂ってきた。

(湊さん、起きてる……いやでも、普通に、平常心で!)

何度も深呼吸を繰り返し、少し意識して、足音を立てながら夕妃は階段を下りる。

キッチンでは、シャツにスラックス姿の湊がコーヒーを淹れているところだった。

「おはようございます、夕妃さん」

（おはようございます、湊さん）

夕妃は心の中でそう言いながらペコッと頭を下げる。

「コーヒー、ちょうど今淹れたところなんですよ。飲みますか」

湊はにこやかに微笑んで、うなずいて近づく夕妃のために新しいカップを取り出し、コーヒーを注いだ。

（昨日と同じ……）

昨日はまだ夜明け前だったが、キッチンに並んで立ってコーヒーを飲むのは、朝を迎える作業として、いい区切りな気がする。

【いつもこうやって窓の外を見ながらコーヒーを飲んでいるんですか？】

カウンターの上でメモを書くと、湊はそれを見てうなずいた。

「ええ。キッチンでコーヒーを淹れて、飲んで、そのまま食洗機という流れがかれこれ二十年ほど」

【二十年】

「実家でですね。中学に入る前くらいから、そんな習慣がついていて」

湊はクスッと笑って、隣の夕妃の顔を覗き込む。

「明日は金曜日です。もしよかったら、ディナーに行きませんか」

【外食ですか?】

「部屋の中にずっといるのも気が塞ぐでしょう」

どうやら気分転換に、外食しようと言ってくれているらしい。

(湊さんと外食……嬉しいな)

夕妃は顔をほころばせたが、ふと、パンケーキを食べた時のことを思い出した。

あの時、夕妃はやたらはしゃいでしまった。いや、はしゃいだというよりも、湊が一緒にいることで、足元がふわふわして、挙動不審だったような気がする。

(嬉しいけど……私が笑われるのはいいけど、湊さんに悪い……。それにもし私を知っている誰かに見られたら)

夕妃は迷いながらも、ペンを走らせた。

【誰かに見られるかも】

「友人の店ですから、当然個室ですし、心配はいりません」

湊にはお見通しらしい。

「今日は明日早く帰るために、仕事頑張りますので、ぜひ」

それから夕妃を後押しするようにうなずいた。

【遅くなるんですか？】

「ええ。おそらく日付が変わるでしょう。夕妃さんの手料理を食べられないのは残念ですが」

少しおどけたように湊は肩をすくめたが、やはり彼の仕事は忙しいらしい。

（そういえば私、湊さんがなにをしているかも知らないんだ……。でも、そんなのどうだっていい）

【わかりました】

夕妃はうなずいた。

「では夕妃さん、いってきます」

湊は飲んでいたカップを食器洗浄機に入れて、それから夕妃の両肩に手をのせ、顔を近づける。

（湊さん……）

両手にカップを持ったまま、夕妃はドキッとしながら目を閉じる。

額に軽く唇を押しつけられる感触の後、その唇が今度は耳元に移動した。

「昨晩のこと。いろいろ言いたいことはありますが、全部込みで、またの楽しみにします」

低く艶のある声は、敬語だからこそ余計、色っぽく響いた。

（全部込み……楽しみって……）

期待してもいいのだろうか。いや、せめて期待していたい。

彼との時間は限られているのだから……。

夕妃は恥ずかしさに頬を染めながらも、うなずいて湊を見上げた。


その日、夕妃は部屋中を掃除しながら、合間に朝陽にメッセージを送った。

学校に通っているということは聞いているが、本当に通っているのか。彼女に迷惑をかけていないか、心配だった。

するとちょうど学校の昼休みの時間に、朝陽からメッセージが届いた。

【神尾さんとヤッた？】

のっけからして、目を疑うような一文だ。

（ヤッた……って、なっ……ななな、なんてことを！）

夕妃はプルプルと震えながら、唇を噛みしめる。

【やっと返事返してきたと思ったらそれ⁉】

勝手に居候することを決めておきながら、初日に姿を消した朝陽のことを考えると、あまりにも身勝手で、さすがに腹が立つ。

【冗談だって～】

だが彼の文字からは、冗談だとは思っていなさそうな雰囲気が伝わってくる。

【最初からそのつもりで出ていったの⁉】

すると今度は、犬が口笛を吹いてとぼけるスタンプが返ってきた。

【ねえちゃん男見る目ないから一度いい男とヤッてみれば目が覚めるかなって】

【バカッ！】

決まっていた結婚式をぶち壊しておいて、なぜ出会ったばかりの男の家に姉を置いていくのか、理解に苦しむ。本当に我が弟ながらバカとしか言いようがない。

だが朝陽はあまり悪いとは思っていないようで、【俺はふたりはお似合いだと思うよ】などと、ふざけたことまで言い出した。

（お似合いだなんて、そんな無茶な……）

もうため息しか出なかった。けれど――朝陽から投げかけられた下品な質問に怒りはしたが、実際、そうなりかけたのは本当だ。湊が声の出ない夕妃を気遣ってそこまでには至らなかったものの、少なくとも自分はそのつもりだった。

そしてあの流れだと、続きは声が出るようになってからとも受け取れるが、あと数日で声が出るようになるとは到底思えない。

（もしかしたら湊さんは、もう少し先のことを考えてくれているのかもしれないけれど……）

期待しなければ傷つかなくて済む。この数日だけでも楽しく過ごそうと決めた夕妃だが、その可能性を考えると胸がちくっと痛くなる。

（いくらなんでもこんな幸せが永遠に続くはずがない。限られたことだって割り切らなきゃ……）

夕妃はそう心の中で決意しつつ、話題を変えることにした。

【学校はどう？】

【行ってるよ。ちょー普通。やっぱりアイツ、学校には話してないみたいだ】

【そう。よかった】

どうせ元婚約者には――月曜日には顔を合わせることになるはずだ。責任を取るのは自分だが、朝陽がおかしなことに巻き込まれている気配がないという事実にひとまずホッとする。

【とりあえず元気なのね】

【俺は元気だよ。姉ちゃんは？　声出た？】

【まだ】

【ふーん。あんまり気にすんなよ。治るもんも治らなくなるからな】

身内だからか、朝陽の性格なのか、〝あんまり気にすんなよ〟で済むような問題ではないと思うのだが、あまりにも軽いノリに夕妃はちょっと笑ってしまう。

【気にするよ】

【神尾さんはなんて？】

【神尾さんは全然なんにも言わないけど】

【ほらみろ。神尾さんだって俺と同じ考えなんだよ】

なぜか勝ち誇ったように言われて、夕妃はまた笑みをこぼした。

確かに彼は、夕妃に対して早く治せとも言わない。過度に憐《あわ》れみを向けてこない。むしろ夕妃の声が出なくても、〝普通〟に話しかけてくる。そして、『あなたが欲しい』と、熱っぽくささやくのだ。

（湊さんといると、声が出ないなんて本当にたいしたことじゃないような気がしてくるから、困る……）

夕妃が思いつめやすい性格だとわかっている朝陽ならまだしも、なぜ出会ったばかりの湊と一緒にいると居心地がいいのだろう。それが恋というものなのだろうか。不思議だった。

夕妃はそれからいくつか朝陽とメッセージのやり取りをして、スマホをテーブルの上に置いた。

ふと窓の外に視線を向ける。今日はよく晴れているせいか、遠くまでよく見える。だがその景色は、やはり夕妃にはなじみの薄いものだった。

（湊さんのことが好き……それはもうはっきりしている。そして湊さんも、私のことを求めてくれている。もう先のことを考えるのはよそう。今、この瞬間だけで十分だ。嬉しい。恋を知ることができて本当によかった。だから私は、このままずっと一緒にいられるなんて勘違いも思い上がりもしちゃいけない）

そう——だから大丈夫。夢の期限はわかっている。

これ以上のことを望んだりしない。


湊には待たなくていいと言われていたが、なんとなく眠る気になれなかった夕妃は夜中の一時まで起きていた。

だが、一時半を過ぎたあたりでさすがに睡魔に襲われる。このままではリビングのソファで眠ってしまいそうだった。

（本当は一階で待っていたいけど……湊さんに気を使わせてしまうよね）

ソファでうとうとしかけていた夕妃は気力を振り絞って、体を起こすと、

【おやすみなさい。お仕事お疲れ様でした】

それだけ書いたメモをリビングのテーブルの上に残して、ベッドに潜り込んだ。

寝て起きたら金曜日だ。夜には湊とディナーの約束をしている。最後の晩餐というわけではないが、やっぱり楽しみだし、ウキウキする。

（なに、着ようかな……。とっておきのワンピースがあるけれど……）

そうやって考えている間に、夕妃はいつの間にか深い眠りに落ちていた。


翌朝、六時に目を覚まして階下に降りると、まだ湊は起きていなかった。

コーヒーを淹れている間に起きてくるかと思ったが、八時近くになっても部屋から出てくる気配はない。

（おかしいな……今日、休みではないのよね？）

昨日の口ぶりだと、金曜日の今日、早く帰るために仕事を前倒しにすると言っていたはずだ。気になって足音を立てずに湊の寝室のドアの前に立ち、部屋の中をうかがうように耳を近づけたが、やはり人の気配はしない。

（もしかしたら帰ってない……？）

深夜帰ってきて、早朝出かけたのかもしれないと思ったが、連絡先を知らない夕妃には確かめようもない。それに湊はスマホを水没させたきりだ。

（えっ、どうしよう……）

夕妃は困ったように部屋の真ん中で立ち尽くしたが、どうしようもない。食事の約束はしたのだから、きっと夕方か夜には帰ってくるだろう。

そう自分に言い聞かせるしかなかった。


湊の部屋に居候させてもらって、初めてきちんとしたフルメイクをした夕妃は、ドレッサーの前で鏡の中の自分をじっと見つめる。それから鏡相手に目を見開いたり、口角を持ち上げて笑ってみたりした。

湊はまだ帰ってこない。だが、戻ってきたらいつでも出かけられるようにしておこうと、夕方にシャワーを浴びて、きちんとメイクをした。

（最近はずっとお粉をはたいてるだけだったから、なんだかドキドキするな……）

メイクをしてもすっぴんとそう変わらないと常々朝陽から言われている夕妃だが、どうせなら少しでもきれいに見せたいと思うのが乙女心だ。

丁寧にリップブラシで口紅を塗った後、ここに持ってきた洋服の中で一番フォーマルな、グレージュのワンピースに着替えた。上半身はタイトで、膝上から少しフレアになっている。その上に黒のジャケットを羽織れば、かなりきちんとした雰囲気になる。それから肩を覆うストレートの髪はブラッシングして下ろす。

（よし……）

時間をかけ身支度を整えた夕妃は、リビングのソファに腰を下ろした。時計を見ると五時だ。

イタリアンかフレンチか、もしくは和食だろうか。

美味しいものを作るのも食べるのも大好きな夕妃は、ワクワクしてしまう。

（どこに連れていってくれるんだろう。お友達の店、みたいなことを言っていたよね。うんとカジュアルなところでも楽しそうだなぁ）

なにより湊と食事をしたら、きっとどこだって楽しいに違いない。

（楽しみだなぁ……）

ふと、肩のあたりがぞくっと震えて目を覚ますと、窓の外の東京の空は、すっかり日が落ちて暗くなっていた。

(あれ……私、眠っちゃってた……？　今、何時？)

昨晩は少し遅かったので、ついうとうとしてしまったのかもしれない。

ふわわ、とあくびをしながら覚醒《かくせい》しない頭で考えていると、

「……ん」

左隣から、声がした。

(ん……って……ええっ!?)

視線を向けると、そこに湊がいた。それも、なぜか彼は体の前で腕を組み、眉間にしわをよせたまま、うつむき目を閉じていた。

(湊さん……寝てるの……？)

リビングのソファは広く大きく、柔らかいレザーでできた高級品だ。夕妃が自宅で使っているベッドよりよっぽど寝心地がいいのだが、湊は背もたれに背中を預けて、完全に寝入っている。彼は昨日の朝見たのと同じスーツ姿だった。上着だけを脱いで、それを夕妃の膝にかけてくれている。

(隣に座っているということは、眠っている私を見て、少し寝かせてあげようと思ったとか？　そして自分が寝ちゃったとか？)

そして同じスーツを着ているということは、ずっと仕事で帰っていないということ

だ。うつむく湊の顔を見れば、疲労の色が目の下に残っていた。

（……無理、したんだ）

いつもニコニコ穏やかに笑い、不機嫌そうな顔ひとつしないで、巻き込まれるような形で出会った夕妃たちを保護してくれている。気を配ってくれている。今日だって夕妃のために忙しい中時間を作ってくれたのだ。それこそ寝る間も惜しんで――。

（湊さん……）

彼の肩に一瞬手を伸ばしかけたが、夕妃はその手をすぐにひっこめた。着ていたジャケットを脱いで、湊の膝の上にかける。

湊を見つめている夕妃の目に涙が浮かんだ。なんと説明していいかわからない感情が、心で渦巻く。気を緩めると、声をあげて泣いてしまいそうだった。

（私、湊さんといるといつもこんな気持ちになる……）

ただ寄り添いたくて、抱きしめたくて、けれどこの状況ではそんなこともできず、夕妃は膝にかけられていた湊の上着をぎゅっと胸に抱きしめていた――。

湊が目を覚ましたのは、それから一時間後くらいだった。

「ん……」

かすかに声をあげて、それから目を開けた湊は、ハッとしたように体を起こして、隣の夕妃を見下ろした。

「えっ、俺、寝てたっ!?」

明らかに素だ。それまでうとうとしながら湊にくっついて座っていた夕妃は、珍しいものを見たと思いながら、うなずいた。

「やばっ……ああっ、もうこんな時間だ！　電話、店に行く前に連絡、いれるっていったのに……してない……ああ……」

時計の針は夜の九時を回っていた。今から出たとしても、食べられるのは十時近くになってしまうだろう。

「失敗した……。ソファに座ってからほぼ意識がなくなってしまって……」

湊は何度もため息をつき、眼鏡を指で押し上げながら、ソファから立ち上がる。すると彼の膝から夕妃のジャケットが滑り落ちて、湊はハッとしたようにそれを拾い上げ、目を見開いた。

「――もしかして、寝かせてくれてたんですか」

夕妃がうなずくと、湊は眉を寄せてソファに腰を下ろし、夕妃に頭を下げた。

「すみません。今からでは少し時間的に厳しい。こんなことになって申し訳ない」

（謝らないで……！）

そんな湊を見て、夕妃は慌てて首を横に振った。

楽しみにしていたのは事実だが、湊の体のほうがずっと大事だ。わざと起こさずにいたのだから、彼が悪いはずがない。

「ですが……本当に申し訳ない。せっかくきれいにしてくださったのに。楽しみにしてくださっていたんでしょう」

　そして湊ははぁ……とため息をつきつつ、かけていた眼鏡を外し、片手で目元を覆ってうつむいてしまった。かなり落ち込んでいる。

〝きれい〟という言葉は嬉しかったが、湊はどうもわかっていないようだ。

　夕妃はテーブルの上に置いていたメモを取って、ペンを走らせた。

【食事は楽しみでしたけど湊さんが無理してるのは嫌です】

「無理なんか……」

【したでしょう】

　即座にペンを走らせると、「しましたね……」湊は苦笑して、うなずいた。

【明日はお休みですか？】

「明日？　ええ、久しぶりに完全にオフですが」

【だったら仕切り直しましょう】

「友人のレストランですか？」

【いえ】

夕妃はにっこりと微笑んだ。


翌朝、土曜日。湊と夕妃はカジュアルな服装に着替えて、朝の七時に歩いて近所のベーカリーに向かっていた。

三日間も部屋にこもりきりだったので、なんだか外の風に吹かれるだけで新鮮だ。

店内に入り、トレーとトングを持った湊が、目を輝かせている夕妃の顔を覗き込む。

「こういうところに初めて来ました。夕妃さんはどれにしますか？」

高級住宅地にあるベーカリーは当然種類も多く、目移りしてしまう。

（迷う……けどやっぱり定番！）

サーモンとクリームチーズのハードパンのサンドイッチを指さした。

「じゃあ俺はこの隣のにしよう」

湊が選んだのはチキンとアボカドのサンドイッチだった。

会計を済ませ、今度はコーヒーショップに寄る。コーヒーをふたつテイクアウトし、その足で公園へと向かった。初日に夕妃が逃げ込んだ公園だ。

あの日とは違うベンチに座って、デニムパンツの膝の上にハンカチを広げる。

「いつも朝食は食べないんですが、昨晩ふたりとも食事抜きでしたからね。お腹と背中がくっつきそうだ」

湊がおどけたように笑って、包みを開ける。

「いただきます」

(いただきまーす)

夕妃も、サンドイッチにかぶりついた。

(美味しいーー!)

思った通りの美味しさだが、厳密に言えば想像よりずっと美味しい。空腹なのもあるし、外だというのもあるし、なにより好きな人とふたりでベンチに座って食べるというシチュエーションがたまらなく素敵だと、夕妃は思った。

ここには、何事にも代えがたい、幸せのようなものがあった。

外での朝ご飯を終えて、ゆっくりとコーヒーを飲みながら、湊と夕妃はベンチの上でぼんやりと空を眺める。

「これからどうしようとか、なんにも考える気をなくすな……」

湊がぽつりと呟く。バッグからメモを取り出して、夕妃も言葉を書きつけた。

【なんにも考えなくていいんじゃないですか？　たまには休まないと】

「──そうだね」

湊はうなずいて、そして右手で、夕妃の左手を握る。

「考えて行動に移し、最良の結果を得るという一連の行為が好きなので、ついいつも忙しくしてしまうんだ。だけど今回は、あなたが喜ぶに違いないとちょっとばかり無理をして、結果、あなたに気を使わせてしまった。反省だな……」

どうやらまだ反省しているらしい。

夕妃は左手を握られたまま、ペンを動かす。

【湊さん、甘え下手ですよね】

「──えっ？」

湊が不思議そうに目を見開く。

【甘やかすのは本当に上手だけど、自分が他人に甘えるって発想がないみたい】

甘えさせてもらっている自分がいうのはなんだが、湊がいくらスーパーマンで王子様のような人でも、いつも他人のために奔走していては、自分のことがおろそかになるのは当然だろう。

【たいしたことはできないですけど。もっと気楽に、肩の力を抜いて。今日は私に甘えてみてはいかがですか？】

数日前、湊に言われた言葉だ。

「夕妃さん……」

微笑みかける夕妃を、湊はじっと見つめる。それから少し困ったように笑って、目を伏せた。

「そういえば俺も、甘えてなんて生まれて初めて言われたかもしれない」

【初めて？】

「ええ」

湊は脚を組み、右腕を伸ばして夕妃の肩を抱くと、なんとそのまま身を寄せて、夕妃の頭に頬を寄せる。

（ちっ……近い！）

思わぬ接近に、夕妃の頬が一瞬で染まったが、

「ではお言葉に甘えて……こうしていいですか？」

湊のほんの少しだけ甘えた声に、いろんなものを飲み込んでしまった。

（これも彼の計算な気がするけど……まぁ、いいか）

夕妃は笑ってうなずいた。


公園で一時間ほどおしゃべりをしてから雑貨屋を流し見し、そこで昔のパニックホラー映画のＤＶＤが安く出ているのを発見して買うことにした。それから偶然見かけたケーキ屋でひとつ五百円もするマカロンを買い、自宅に戻ってペペロンチーノを夕妃が作ってふたりで食べた。

お茶を飲みながらソファで映画を観て、なぜこんなものが子供の頃は恐ろしかったのだろうと笑い、マカロンが美味しいとはしゃいで、気がつけば夕方になっていた。

窓の外に大きな太陽が沈んでいく。ふたりでそれをじっと眺めて、完全に日が沈んで、自動的にリビングに明かりが灯るその直前。

ふたりは吸い寄せられるように唇を重ねていた。

触れるだけのキス。じっと見つめ合った後、湊は夕妃の頬を指でなぞる。

「今晩……ずっと一緒にいたい」

感情を押し殺したような湊の声に、夕妃は息をのむ。

（そ、それって……えっ⁉）

「約束は守る。あなたを傷つけるようなことはしない」

ということは、要するにそういうことはしないということだろうか。

「残念？」

クスッと湊が笑う。ホッとしつつも残念かと言われれば、そんな気がしてくる。

「エッチな意味にとって、悪い子だね」

からかうような眼差しに夕妃の顔は真っ赤になった。

（ちちちち、違いますけど……！　いや、違わない……って、いやいやいや！）

アワアワと取り乱す夕妃を見て、湊は優しく微笑んだ。

「なにもしない。ただ、抱かせてほしい。あなたという存在をこの手で感じながら眠りたいだけだ……」

そして夕妃の体は、ゆっくりと湊に抱きしめられていた。

それは出会って七日目の夜だった。

ふたりきりの極上ウィークエンド　～上司と部下になる前のふたり～

ただ抱かせてほしいという湊の言葉が、言葉以上に重く聞こえて、夕妃はうなずかないわけにはいかなかった。

先にシャワーを浴びたのは湊で、彼は一階の自分の寝室で待っていた。

（緊張する……）

夕妃は二階でシャワーを浴びて髪を乾かした後、身支度を整えて鏡をじっと覗き込む。二十四年付き合ってきた自分の顔だが、いつもと違う、他人のように見える。恐ろしく緊張している。それもそうだろう。好きな人と一緒に眠るなんて、生まれて初めての経験なのだから。

（でも、一緒に寝るだけ……それだけなんだから、私があんまり緊張してたら、怯えてるって思われるかもしれない。実際はそうじゃないんだから……湊さんに悪いよね……よしっ！）

ぎゅっと唇を引き結び、夕妃は無駄に肩や首を回して体をほぐしてから、気合いを入れて階段を下りた。湊の寝室の前に立ち、ドアをノックする。

「――はい」

内側から湊の返事がした。

（失礼します……）

ドアを開けると、ベッドの縁に腰を下ろした湊の姿が目に入った。彼は膝の上で夕ブレットを眺めていたが、夕妃がドアを開けるとそれをサイドテーブルの上に置いて、にっこりと微笑んだ。

「ここに来てください」

ここ、と言って手で叩いたのは彼の隣だ。夕妃はドキドキしながら広い寝室の奥に向かう。

寝室は大きなベッドと間接照明だけで、ほかになにもない静かな部屋だった。

（手と足が一緒に出そう……）

ただ彼のもとに歩いていくだけなのに、ギクシャクしてしまう。

ゆっくりと、湊の右隣に座る。心臓がドキドキと跳ねて苦しい。自分の心臓の音が湊に聞こえてしまうかもしれないと不安になる。顔を上げられないまま、膝の上に置いた自分の手を見つめるしかない。

湊が顔を覗き込んでささやいた。

「緊張していますね」

優しい声だ。

(してます、すごく……)

夕妃はうつむいたまま、うなずいた。

湊はふっと笑って、夕妃の顔を覆っている髪を手のひらで後ろに流す。指先が、頬、こめかみ、首筋へ移動する。そして首の後ろに回ったかと思ったら、そのまま体を抱き寄せられた。

ふわりと湊の髪からシャンプーの匂いがした。上等なリラックスウェアなのだろう。頬に当たるコットンの感触はとても柔らかい。湊の逞しい腕の筋肉をパジャマ越しに感じて、夕妃はまたドキドキが止まらなくなった。

「……鼓動が伝わってくる。とても速い……壊れないかな。心配になってくるね」

耳元で湊がささやく声がとても近い。

(それは私もちょっとばかり気になるところです。心臓が止まってしまったらごめんなさい……)

夕妃はふふっと笑う。顔を上げると、優しく夕妃を見下ろす湊と目が合った。

湊は一瞬なにかを言いかけて口を開いたが――。結局なにも言わないまま夕妃の前髪をかき分け、額に小さなキスを落とした。

夕妃は湊の腕に抱かれて、向かい合ってベッドの上に横たわった。

部屋の端に置いてある間接照明が、湊の背後でオレンジ色の光を淡く輝かせ、湊の彫りの深い、彫刻のような端整な顔立ちを照らしていた。

「夕妃さん、俺の腕に頭をのせて」

湊の言葉に夕妃はうなずいて、彼の腕に頭をのせる。すると湊はホッとしたように、

「あったかいな……」

ぽつりと呟いた。

湊は宣言通り、なにもしてこなかった。彼が目を閉じたのを見ながら、夕妃はこの時間がそういう類のものではないのだと確信していた。

彼は眠る時にひとりでいたくなかっただけなのだ。ぬくもりを感じたいという言葉は真実だった。

（湊さん……）

初めて出会った日曜日から一週間足らず。けれど湊と一日一日過ごすたびに、新しい発見があった。ドキドキしたりホッとしたり。安心したり頼りがいを感じたり。甘えてもいいと言われたり、甘えてほしいと思ったり。

湊と一緒にいて、本当に今まで知らなかったような感情をたくさん知った。

そうしてふと……胸にストンと落ちてきた感情があった。

（私……湊さんと離れたくないな……）

立場が違う、見える景色も違う、最初からなにもかも違っている自分と彼は決してずっと一緒にいられるような関係ではない。

だからこれはひと時の夢。彼を好きでいていいのも、ここを出ていくまでの間だと自分に許して、この一瞬だけの喜びだと割り切って恋する気持ちに浸ればいい。そう自分に言い聞かせて、湊と過ごしてきたはずだった。

だが夕妃は、自分をぬいぐるみのように抱いて、リラックスした様子で眠る湊から目が離せないままで、彼への愛しいと思う気持ちを募らせている。

（もっと私、諦めのいい女だと思っていたのに……どうしよう。好きって気持ちが消えない。なくならない……全然、小さくならないよ……）

夕妃は自分に突如芽生えた――いつもの自分なら我儘としか思えない感情に戸惑っていた。

小さい頃から我儘を言わない子供だった。自分が我慢してすべてが丸く収まるならと、なんでも飲み込んできた。だから湊への気持ちもきちんと割り切れると思っていた。なのにどうしたことだろう。この期に及んで離れたくないと思うなんて、信じられない。

実際そんなことを口にすれば、誰よりも恋しく思うこの男に迷惑をかけるとわかりきっているのに、一緒にいたいと夕妃の心が叫び、暴れている。

ドクン、ドクンと心臓がまた鼓動を速める。

(ダメだよ……今さらそんなの……絶対に)

夕妃はぎゅっと目を閉じて、そのまま湊の胸に、体を寄せた。

この感情は間違っている。そう必死に自分に言い聞かせながら。

翌朝。

「——ひさん……夕妃さん」

遠くから声がする。頬のあたりになにかが触れてくすぐったい。

「ん……」

寝返りを打って目を開けると、なんと目の前に湊がいた。

(きゃっ⁉)

驚いて飛び起きると、それまで夕妃を覗き込んでいた湊も体を起こして、にっこりと微笑む。

「おはようございます」

その落ち着き払った様子に、

（あ……そっか。昨日一緒に眠ったんだ）

夕妃はまぶたをこすりながらぺこっと頭を下げる。

寝る前は死ぬほど緊張していたのに、いざ横になると眠れてしまったのがなんだか恥ずかしくもある。

（湊さんはちゃんと眠れたかな……？）

そんなことが気になりながら顔を上げると、湊は顔を近づけてきて、ゆっくりと夕妃の髪を指でかき分けた。

「寝ぐせ」

（えっ⁉）

ハッとして髪に触ると、確かにあちこちに毛先が跳ねている。

まさか寝ぐせを指摘されるとは思わず、夕妃の頬は真っ赤になった。

「あ、すみません、寝ぐせがかわいいと言いたくて」

（かわいい⁉）

そういう湊は寝ぐせひとつついていない。というか、サラッとしているし、よく見ればなんと昨晩着ていたリラックスウェアと色が違う。

（湊さん、着替えてシャワー浴びてる！）

驚いてとっさに彼のシャツを掴むと、湊は言いたいことがわかったのか、ふっと表情を緩める。

「昨日はよく眠れたから、いつもよりだいぶ早く目が覚めて、夕妃さんが眠っている顔を見てました」

（見てたって……もうっ！）

朝からいちいちドキドキして心臓がもたない。

夕妃は両手で顔を覆って、内心深いため息をついた。

「困らせるつもりはなかったんですが」

湊はそんな夕妃を見つめて、優しい笑顔を浮かべたまま、寝ぐせがついた髪を指で梳いた。

「今、七時です。コーヒーを淹れますので、夕妃さんはシャワーでも浴びたらどうですか？」

（お気遣いありがとうございます……）

確かにシャワーでも浴びればすっきりしそうだ。おまけに寝ぐせも直せる。

こっくりとうなずくと、湊がベッドから降りて手を差し出してきた。その手のひらに自分の手を重ねると、優しく体が引き寄せられ、ぎゅっと抱きしめられた。

「幸せだって言ったら、笑う？　あなたがそばにいて、ぬくもりを感じて、目が覚めても夢じゃない……とても幸せだった」

湊の声は慈《いつく》しみに満ちている。

じんわりと優しさが体に広がっていくような気がした。

「今日、どうしても昼間出ないといけない会合があるので、仕事に行きます」

コーヒーを飲みながら湊が言うのを、夕妃はまじめな顔でうなずいた。

「たぶん帰ってくるのは、夕方になると思います」

（そうしたら――お別れだ）

湊は持っていたカップをテーブルに置いて、ソファに並んで座る夕妃に真剣な顔をして向き合った。

「今日でちょうど一週間ですね」

確かに彼の言う通り、ちょうど一週間前のこの時間――夕妃はウェディングドレス姿だった。今から結婚式を挙げるとは思えない暗く沈んだ顔で、鏡の中の自分を呆然と眺めていたのだ。そして朝陽の手によって結婚式を飛び出し、なんの因果か湊の運転する車のボンネットの上に落ちて、こうなっている。

（たった一週間。だけど人生で一番濃密な一週間だった。この思い出があれば私、強く生きていける）

そう夕妃が胸の中で反芻《はんすう》していると、

「結婚してください」

信じられない言葉が聞こえたような気がした。

（え……？）

一瞬、世界が無音になった。声が出なくなったというのに、耳すら聞こえなくなったのかと勘違いするくらいに、夕妃の世界に静寂が満ちた。

（湊さん、今なにか言った……？　っていうか、結婚って……聞こえたけど。まさかそんなこと……あるはずがないし……）

夕妃はポカンとした表情で湊を見つめる。だが目の前の湊の切れ長の瞳は、とても真剣だった。

「俺と、結婚してください」

そして今度ははっきりと口にした。

(……っ!)

夕妃の目を見て、しっかりと、湊はプロポーズの言葉を口にしたのだった。

(え、なんで? どうして……?)

「急すぎる?」

湊の問いに、夕妃はうなずいた。

彼が自分を思ってくれているのは嬉しいが、なぜ結婚ということになるのか、夕妃にはとても想像ができない。

すると湊は冷静な口調で、言葉を続ける。

「だろうね……。でも、俺はずっと考えていた。運転する車の前に、ウェディングドレス姿のあなたが飛び出してきた一週間前から……。最初は些細なことであなたをかわいく思って、でも一緒にいたらとても心が安らぐと気づいて……それから寝ても覚めても、あなたのことばかり考えるようになって……。気がつけば、俺の心はあなたに囚われている」

そして湊は、ふっと自嘲《じちょう》するように笑い、

「だから、悲しいかな、あなたが今なにを考えているかも、わかってる」

どこか苦しそうに眉を寄せた。

「他人に迷惑をかけることをとても嫌うあなただ。俺のことを憎からず思ってくれていても、身を引くことしか考えていないでしょう」

湊の指摘に、夕妃はギクッと肩を震わせる。

「確かに……あなたは結婚式から逃げてきた花嫁だ。この一週間、あれこれと調べましたが――おそらく相手はあなたを簡単には許さないし、たとえば金銭で、やすやすと解決する問題だとは思えない」

（湊さん、本当にあれこれ考えていてくれたんだ……）

胸の中がちくっと痛くなるが、夕妃はうなずいた。

「でもだからって、あなたを諦める理由にはならない。むしろ、あなたを傷つけないために、守るために、俺は他人のままでいられないと、確信しました」

夕妃の手の甲に重ねられた、湊の手に力がこもる。

「だから夕妃さんも、俺を諦めないでもらえませんか？」

（諦めないでって……）

確かに彼の言う通り、夕妃は湊を最初から諦めていた。彼を好きで、彼も自分に少なからず好意を持ってくれていることもわかっていたけれど、現実問題、ずっと一緒にいることは不可能だからと、受け入れる努力をしてきた。

けれど湊は〝諦めないでほしい〟と言う。これはすでに〝ふたりの問題〟なのだ。

ドクン、ドクンと心臓が強く跳ねる。

(でも、いいの……?)

緊張と興奮と混乱で、頭は真っ白だ。

湊は固まったままの夕妃に切なげに顔を寄せる。

「俺にあなたを守るための理由をください」

眼鏡の奥の瞳が煌々《こうこう》と輝く。まるで星のようにきらめきながら、夕妃を見つめる。

「俺を受け入れて……」

湊の両腕が、夕妃の背中に回る。広い胸に抱き寄せられて、夕妃は相変わらずなにも言えないまま、湊を見上げた。

熱っぽくささやく湊の声は甘く、そしてどこか苦しそうでもあった。

「うなずいてくれないと、俺はあなたをここに閉じ込めてしまうかもしれないよ？俺だけを見て、俺だけを愛してと、強要するかもしれない……俺は独占欲が強い男だから」

彼に閉じ込められて、愛される。

倒錯《とうさく》じみた甘い誘惑が夕妃の全身に広がっていく。

現実、誰よりも紳士的な湊がそんなことをするはずがないとわかっているが、彼にはもしかしたらそういう一面もあるのかもしれない。

「夕妃……」

湊が夕妃の名を、呼ぶ。唇が額に触れる。

(これまでずっとさん付けだったのに……)

夕妃の胸が苦しいくらい締めつけられる。

「返事は……?」

夕妃のほっそりした体を抱きしめる湊の腕に力がこもる。背中を回って肩を掴んだその手は、かすかに震えていた。

(湊さん……)

あれこれと調べたのなら、自分の複雑な家庭環境だって知られているだろう。

自分たちは、何度かキスをしただけ。恋人期間はほぼゼロだ。しかも相変わらず声は出ないときている。

そんな面倒くさい夕妃を守るために、湊は自分が家族になるという。夕妃の背景ごと、彼は丸ごと引き受けると言っているのだ。

そんな湊の決断を、夕妃は信じられない思いで見つめ、受け止め、震えていた。

(湊さん……)

夕妃の大きな目から、涙が溢れ、頬を伝った。

(いいの……？　本当に、いいの？)

それを湊はじっと見つめ、どこか緊張していた表情をふっと緩める。

「俺の奥さんになるって覚悟を決めたようだね。よかった、これであなたを閉じ込めるための塔を建てなくて済む」

(バカ……そんなこと言って……)

夕妃は泣きながら笑って、湊の胸をこぶしで軽く、トンと叩いた。そしてそのまま、彼の胸に顔をうずめた。

「好きだよ」

湊は笑って、夕妃の頭の上にキスをする。

(ありがとう……私も湊さんが大好き……)

そんな思いを込めて、彼の腕の中で、夕妃は声もなく泣いた。

彼がくれた、シンプルな〝好き〟という言葉が、夕妃が背負っているしがらみという名の荷物を軽くしてくれるような気がした。

それから夕妃が泣きやむのを待ってから、湊は夕妃の頬に残る涙の跡を指で拭い、チュッと音を立てて額にキスを落とす。

「現実的な対策に向けて、今晩、朝陽くんをここに呼んで話をしよう。いい?」

(うん)

夕妃はしっかりとうなずいて、それから湊をじっと見上げた。

(声、出ないかもしれないけど……)

ゆっくりと口を開ける。

「夕妃?」

湊は一瞬怪訝そうな表情になったが——。

「ぁ……り、が……と……す……き」

長い時間をかけて絞り出したのは、本当に小さな、かすれた声で。

喉が相変わらず締めつけられて苦しいけれど、筆談でもなく、直接声で、自分の意思を伝えられたのは、久しぶりだった。

自己満足かもしれないが、夕妃はどうしても自分の声で、彼に伝えたかったのだ。

(聞こえたかな……)

少し恥ずかしくなりながら、夕妃は自分の唇に指で触れる。

するとするとはハッとしたように、何度もうなずいた。それからなぜか眉を寄せて、どこか苦しそうに一瞬視線を逸らす。

（湊さん……？）

不思議に思い、彼の顔を見て驚いた。なんと湊の頬が赤く染まっているのだ。

（耳まで……赤い……え……まさか、照れてる……？）

この一週間、ずっと夕妃は湊の一挙手一投足にドキドキさせられていたが、こんな湊を見るのは初めてだった。

すると夕妃の視線に気づいた湊は、ハッとしたように目を見開く。

片手で顔を覆い、余計顔を逸らそうとする湊だが、夕妃も負けてはいない。

「見なくていい」

（いやいやそんなこと言われても、見ますよね。見たいですよね！）

慌てて彼の腕を掴み、顔を覗き込もうと体を伸ばした。

「仕事に行かないと」

なのに湊は、言い訳がましくソファから立ち上がって逃げようとする。

（あ、待って！）

夕妃も慌てて玄関に向かう湊を追いかけた。

「見送りは結構ですよ」

湊の口調はとてもそっけない。だが夕妃とて諦めきれない。

（でも、照れてる湊さんなんて貴重すぎるので！　もっと見たいです！）

玄関に置いていたビジネスバッグを持って、さっさと靴を履く湊の腕を後ろから掴むと――。

「まったく……」

湊は振り向きざまに空いた手で夕妃の腰に手を回し、自分の体に引き寄せ、覆いかぶさるようにキスをしてきた。しかも、触れるだけではない、最初から本気モードの、夕妃を完全に翻弄《ほんろう》する誘惑のキスだ。

「んっ……」

口の中に入ってきた舌でさんざんなぶられて、心も体も転がされて、ずるずると、夕妃はその場に座り込む。

（だ……ダメ、立てない……！）

夕妃が転ばないように支えていた湊も、しゃがみ込んで、夕妃の顎を掴んで持ち上げた。

「俺を煽るとこうなるよ。覚えておきなさい」

（はい……すみません、負けました……）

そんな気持ちで見返すと、湊がふっと勝ち誇ったように笑って立ち上がる。

「いってきます」

（いってらっしゃい……）

手を振りながら、玄関を出ていく湊を見送る夕妃だが、やはり湊の耳の後ろが真っ赤だったことに気がついて、自然と笑みをこぼさずにはいられなかった。


その日の夕方、朝陽が大きな荷物を抱えて湊のマンションにやってきた。

夕妃がお昼にメッセージを送った時点で、すでに湊から連絡は来ていたらしい。

「今日はこっちに泊まって、明日直接学校行くから」

【ご迷惑かけてない？】

メモを差し出すと、

「まさか～」

朝陽は肩をすくめた。

彼女との短い同居生活は楽しかったらしい。満面の笑顔だ。

「そういう姉ちゃんこそ楽しかった？」

（楽しかったかって……なによ）

弟のその意味深な微笑みに、夕妃はバシッと背中を叩いて、そのままキッチンへと向かった。

「今日のメシなに？　あ、すき焼きだ」

荷物を部屋に置いてきた朝陽がキッチンにやってくる。用意してある食材を見てメニューがわかったようだ。弟の言う通り、すき焼きの予定だった。

「俺の卒業式とか、入試とか、入学式とか、なにかと姉ちゃんはすき焼きにするよな」

隣で下ごしらえを手伝いながら、朝陽が呟く。

そう言われてみれば、確かに節目はすき焼きだったような気がする。

「姉ちゃんは肉より魚派なのに、俺のことばっかりだったからなぁ……。そろそろ自分のことも考えろよ。俺だって男だし、いつまでも姉ちゃんの世話になるつもりはないし」

その口調はじつにさっぱりとしていて、なぜか夕妃の胸は締めつけられた。

（……朝陽くん、まさかの姉離れの予定なの？）

若干ショックを受けながら長ネギを切る。

「落ち込んでるの？」

（そりゃね……）

うなずくと、糸こんにゃくを洗っていた朝陽がふっと笑う。

「まぁとりあえずその話も、神尾さんが帰ってきたら話そう」

それから一時間ほど経って、夜の七時を回って湊が帰ってきた。

「姉がお世話になりました」

リビングで夕妃とお茶を飲んでいた朝陽が、即座に立ち上がって礼儀正しく頭を下げる。

（朝、あんな感じで別れたから、ちょっとドキドキする……）

湊に意地悪に甘く翻弄されたことを思い出したが、朝陽もいるので慌てて顔の表情を引き締める。

「いえ」

湊はネクタイを緩めながら穏やかに微笑み、すっかり夕食の準備ができているダイニングテーブルの上を見つめた。

「とりあえず食事にしましょうか。せっかく準備をしていただいているし、話はその後で」

「そうですね」

朝陽も同意して、三人でテーブルにつくことになった。

三人の食事は楽しかった。もちろん夕妃は聞き役だが、楽しげに笑う湊と朝陽を見ているだけで嬉しくて仕方なかった。

夕妃も朝陽も、家族の縁が薄い。そして血が繋がっていても、四年前までほぼ交渉がなかったわけで、他人から見たら歪《いびつ》かもしれない。だが湊に至っては一週間前の事故で知り合ったという、まったくの他人だ。

(家族ってなんだろう)

夕妃は明るい食卓を楽しみながら、どうしても、そんなことを考えずにはいられなかった。

後片付けは朝陽と湊がほぼしてくれた。その間に、夕妃がお茶の準備をして、リビングへと移動する。

「まず、俺からいい？」

最初に口を開いたのは、夕妃の隣に座った朝陽だった。

「俺、寮に入る」

(えっ⁉　なんで、どうして⁉)

夕妃は朝陽の言葉に、ソファから腰を浮かせた。

なぜ今になって寮に入ると言い出したのか、朝陽の意図が掴めない。

確かに今日、朝陽は『いつまでも世話になるつもりはない』と言ってきたが、それはもっと先の話だと思っていた。自分たちはこの四年、誰よりも支えあって生きてきたはずなのに、ひとりで寮に入るという。

大事な弟に余計な気を使わせているような気がして、夕妃の目に涙が浮かんだ。

(どうして離れようとするの！)

「げ」

朝陽は涙目になる夕妃を見て、目を丸くする。

「なんで泣くんだよ。そういうんじゃないんだって」

(じゃあどういうんだっていうのよっ！　バカ！　朝陽くんのバカーッ！)

夕妃は無言で唇を噛みしめ、隣の朝陽の肩や腕のあたりを、バシバシと叩いていた。

「いてっ、痛いって、暴力反対っ！」

するとテーブルを挟んだ向こうに座っていた湊が、

「夕妃さん、朝陽くんの話を聞いてください。きっとあなたが思っているようなことではないと思いますよ」

ソファから立ち上がって、テーブル越しに手を伸ばし、夕妃の腕を掴む。

「っ……ううっ……」

(じゃあなんだっていうの……)

とても立っていられないほどショックを受けた夕妃は、湊に引き寄せられるまま、テーブルを回り込んで、ヨロヨロと湊の隣に腰を下ろす。

「……ったく早とちりにもほどがあるよ」

朝陽は苦笑しながら夕妃を優しく見つめ、シクシクと泣く夕妃にボックスティッシュを渡す。夕妃がおとなしくそれを受け取って涙を拭くのを見て、それからまた改めて口を開いた。

「で、寮に入るって話だけど。俺、大学は推薦もらう方向で行こうと思う」

(どういうこと?)

推薦をもらうという言葉に、夕妃は目を丸くした。

「今までずっと、高校出たら働こうかなって思ってたんだ。姉ちゃんが俺を大学に行かせたいって思ってくれるのは嬉しかったけど、それを受け入れるのにはちょっと抵抗があったというか。また四年間、世話かけるのかって。いや、姉ちゃんが負担だと思ってないのはわかってるんだけど、それとこれは別っていうかさ」

朝陽はピンと背筋を伸ばして、目の前に座る夕妃を見つめる。

「だけど姉ちゃん、俺が黙ってたら、好きでもない男と結婚してでも俺を経済的に不自由なくしてくれようとするし……あ、やばいと思って。俺がちゃんと自分の意志で自分の将来を決めなくちゃ、姉ちゃんは俺が予想してなかったようなやり方を平気でやってくるんだって、すっげー反省した」

そして朝陽は、しっかりと夕妃の目を見た。

「俺、寮に入って学内から推薦もらう。先生に相談したら、それが一番の近道だって。実際俺、苦学生だし。寮に入れば推薦受けやすいっていうのは、事実なんだ。奨学金も……そういう基金がうちあるんだ。前々から、先生に話は聞いてたけど、寮に入ったら姉ちゃんひとりになるって思ってて……相談しなかった」

その一瞬、朝陽は泣き笑いのような、困った顔をした。

「なんか俺も姉ちゃんも、お互いのこと考えてるようで、そうじゃなかったよな」

(朝陽くん……)

弟の言葉に、夕妃は頬を力いっぱい張られたような、そんな気分になった。

四年前、母に捨てられた朝陽を見て、自分がしっかりしなければと思った。家族だから、たったひとりの姉なのだから、自分が両親の分も朝陽を立派に育てるのだと、心に決めたはずだった。

だがその決意が、姉の献身が、朝陽を遠慮させてしまったのだ。

(ごめん……ごめんね、朝陽くん……)

彼はもうファミレスで泣いていた子供ではない。成長したひとりの青年だ。

そのことに気づいて、夕妃の目から大粒の涙がこぼれ落ちる。それを見て朝陽がまた困ったように笑った。

「あー、ほらほら、また泣いて。あんまり泣いたらブスになるぞ」

(ブスって失礼な!)

夕妃はティッシュで涙を拭いながら、キッと朝陽を睨みつけたが、肩をすくめる朝陽の目も少し赤くなっていることに気がついて、また涙が溢れた。

それから朝陽は「はい、これで俺の話は終わり」と、明るく笑ったかと思ったら、「で、ふたりはどうなの?」と水を向けてきた。

(どうなのって……)

確かに今朝、プロポーズをされたが、今ここで言うのもなんだか照れる。夕妃がペンを握りしめたまま迷っていると、隣に座っていた湊がはっきりと口にした。

「結婚します」

（み、湊さんっ⁉）

「えっ、マジで⁉」

朝陽が驚いたように腰を浮かせ、目を丸くした。夕妃もだ。

「マジですよ。他人のままでは夕妃を守れない。それに付き合っていく延長でいつか結婚するのなら今したっていいでしょう。特に我々の場合、早いに越したことはない」

湊はさらっと言って、それから朝陽と夕妃を交互に見つめる。

「それにしても驚いた顔がそっくりですね。リアクションも」

「いや、だって、いきなり結婚って……驚くでしょ」

「朝陽くんの狙い通りなのでは？」

「ええーっ、そりゃさ、そうなったらいいなーっていう願望はあったけど、一週間で本当にそうなるとは思ってなかったっていうか……アハハ」

朝陽は頭の後ろを手のひらでくしゃくしゃとかき回しながら、ソファにもたれて天井を見上げる。

「あの、なんかすみません……」

それから勢いをつけて、深々と頭を下げた。それを見て湊はクスリと笑う。

「わかってて、のったのは俺だよ」

「のったんですか？」

「あ、そういう意味ではのってないけど」

（なんの話⁉）

のったののってないのと、なんだか意味深というかどう考えてもそっちのことのような……。

夕妃は顔を真っ赤にして立ち上がると、見つめ合う弟と湊の間に体を割り込ませて、ふたりを引き離そうと手をバタバタさせた。

すると湊が顎下に手を当てながら、意地悪そうに微笑む。

「あれ？　なに考えてるんですか、夕妃さん」

「あれはなにか不純なことを考えてる顔ですよ、神尾さん」

「いやらしいですね」

「エッチですねえ」

湊と朝陽が楽しげに、ニヤニヤしながら夕妃を見上げる。

（ちょっ、ちょっと、やめてよっ……！　っていうか、ひどいっ！）

慌てて顔を赤くしたり青くしたりする夕妃を見て、朝陽がたまらなくなったようで、笑い出す。

「やべえ、めっちゃ怒ってる……」

それを見て、湊もクスクスと笑う。

「怒ってもなかなかキュートですね」

朝陽と、湊。夕妃の大事な人が、自分と一緒に笑っている。

いや、笑われているともいうかもしれないが、泣いたり笑ったり忙しいけれど、夕妃は幸せだった。

いまだかつてないくらい、心は軽くなっていた。


その後、湊は「今さらですが」と前置きして、自己紹介をしてくれた。

神尾湊、おうし座のA型。三十三歳になったばかりで、前職は日本有数の化粧品メーカー、エール化粧品の役員秘書。現在は関連会社のエールマーケティングの社長だという。

そして、神尾本家は先祖代々医者の一族だが湊は分家筋であり、彼は五人兄弟の三番目らしい。長男が父の病院を継ぎ、次男は投資家、四男は画家、五男は弁護士をしている。ちなみにご両親は数年前、長男に家業を譲った後、さっさと引退して、今は夫婦でハワイに住んでいるのだとか。

「父は医学界の派閥争いだとかそういうのをとても嫌っていて、早く引退したいが口癖の人でしたからね。完全に放任主義で、俺たちは好き勝手やっています」

そして湊は、にっこりと微笑む。

「あ、そうだ。結婚することは報告したので安心してください」

その言葉に夕妃と朝陽は唖然とした。

「い、いつ⁉」

朝陽が代表して質問すると、今日の昼間にしたという。

「ハワイと東京の時差は十九時間なので、問題ないですよ」

（いやいや時差とかそういう問題ではなくて！）

「で、なんて……？」

「『あー、そう。おめでとう』と言ってましたよ。『近いうちに三人で遊びにおいでよ』とも。まぁ、そもそも『結婚するのに親の許可なんて必要ないだろう、義理堅い奴だな』と笑うような人たちですが」

（遊びにおいでよ……？　義理堅い……？）

湊の両親にしては、ずいぶんフレンドリーで型破りなような気がするが、そもそも湊にしても出会ったばかりの夕妃と一週間で結婚を決めるような人なのだから、神尾一族が夕妃の知っている常識では測りきれない人たちなのかもしれない。

だが朝陽はそれを聞いて、「ハワイちょー楽しみー!」と大喜びする始末だ。

(嘘みたい……)

結局、最後まで呆気に取られていたのは、夕妃だけだった。


その夜、夕妃はなかなか眠ることができなかった。ドキドキして目が冴えて、落ち着かなかった。

ベッドの中で何度も寝返りを打っていた夕妃は、ため息をついて体を起こす。目を凝らして壁の時計を見ると、深夜の二時を過ぎていた。

(お水でも飲もう……)

そっと部屋を抜けて、一階に下りる。キッチンに向かうと、フットライトが自動でついてオレンジ色の明かりに包まれた。グラスを取り出してミネラルウォーターを注いでいると、

「――眠れないんですか?」

背後から声がした。

驚いて振り返ると湊がキッチンの壁に寄りかかるようにして立っていた。

(起こしてしまった……?)

どうしよう、という顔になってしまったのだろう。湊は首を横に振った。

「俺も眠れなくて」

そして夕妃の隣に立ち、新しいグラスに水を注いで、中身をあおる。

すっと伸びた背筋と上下に動く喉。ただ無色透明の水を飲んでいるだけなのに、色っぽく見える。

深夜のキッチンはとても静かだ。静かすぎてなにか音が欲しい。

できれば彼と話したいと思うが、ペンもメモも手元にはない。無理して声を出せば出るような気がするが、そうすると喉は詰まったように苦しくなる。スムーズに会話は難しいだろう。

(仕方ない……残念だけど、もう寝よう)

水を飲み終えた夕妃はペコッと頭を下げてその場を離れようとしたのだが、

「待って」

湊に手首を掴まれていた。

「俺の部屋に来ませんか。話しておきたいこともあるし」

(へ、部屋!?)

一瞬、かなりドキッとしたが、話しておきたいことと言うからには、大事な話なのだろう。そして話が終わったら自分の部屋に戻るように言われるだろうし、湊の部屋でひと晩過ごすわけではないのだ。

（二階には朝陽くんもいるし……まぁ、それはそれでちょっと残念……っていうか、残念ってなに！）

夕妃は頭に浮かんだ妄想を慌てて向こうに追いやりながら、湊の後をついて彼の部屋へと入り、彼と並んでベッドの縁に腰を下ろす。

枕側に座った湊は、サイドテーブルの上に置いていたタブレットを膝の上にのせて、メモ帳を立ち上げてそれを夕妃に渡した。

「これであなたの意見を聞かせてください」

（わかりました）

夕妃はそれを受け取り、しっかりとうなずいた。

「とりあえず明日……正確には今日からのことですが」

湊の言葉に、夕妃もうなずいた。

【会社に行かないと】

「ええ、そうですね。ですがあなたは声が出ないでしょう。なので、代理人を行かせようと思います」

【代理人?】

「俺の一番下の弟です。ひよっこですが、弁護士ですから。なので委任状と委任契約書を作成しようと思います。いいですか?」

委任状を書くということは、すべての手続きを弁護士にやってもらうということだ。職場でのことも……結婚するはずだった、彼のことも。

自分はなにもせずに湊に守られて、じっといろんなことが通り過ぎていくのを待っている。それだけでいいのだろうか。

(……そんなの……大人として許されるんだろうか)

思わず表情が曇る。だが、そんな夕妃の反応は予想通りだったようで、湊は噛んで含めるように、夕妃に言葉をかける。

「気持ちはわかります。自分でちゃんとしたいんでしょう。ですが代理人を立てるのは、卑怯でもいけないことでもないんですよ。誰にでも与えられた権利です。あなたは自分の身を守らなければならない。自分で交渉しようとして危険な目に遭ったらどうするんですか」

湊の言葉の意味もわかる。彼の言うことが正しいということも。だがどうしても自分の感情が追いつかないのだ。

「夕妃」

少し焦れたように湊は夕妃の名前をささやいて、それから肩を抱き寄せる。

「わかってください。きっと、朝陽くんに相談したって、俺に賛成してくれると思いますよ」

（確かに朝陽くん、使えるものはなんでも使えばいいじゃんってタイプだけど）

当然、法律のプロである弁護士にすべて頼むのが、一番リスクが少ないことくらい夕妃にもわかる。なにより湊は自分を思いやって助けてくれているのだから。

（ここで私が我儘を通しても湊さんを困らせるだけだな……）

夕妃は諦めて、うなずいた。

【わかりました】

その文字を見て、湊はホッとしたように夕妃の肩に置いていた手の力を緩める。

「よかった……」

【ごめんなさい】

夕妃は顔を上げ、湊を見上げた。

「どうして謝るんだ。謝らなくていい」

湊は夕妃の膝からタブレットをどけた後、そっと夕妃の頬を両手で包み込み、顔を寄せて、夕妃の額に口づけた。

「とりあえず今日はもう寝ようか。明日も早いし」

（えっ！）

そして気がつけばなめらかな動作でベッドに押し倒され、湊と向かい合うようにベッドに横になっていた。

なんとなく、一緒に寝るというのは昨日の夜だけの特別なことだと思っていた夕妃は仰天したが、湊はふふっと笑って、顔をさらに近づける。

「昨日だけのことだと思った？」

（思ってました！）

力強く何度もうなずくと、湊は指で夕妃の頬にかかる髪をかき分けながら、ささやいた。

「違うよ。俺たち夫婦になるんだから、これから先、ずっと毎晩同じベッドで眠るんだ」

（ず……ずっと……？）

湊の言葉は甘く、夕妃の体にしびれるように広がっていく。

「……もしかして夕妃は、ひとりで寝たい？」

湊の切れ長の瞳がきらりと輝いた。夕妃は反射的に首を振る。

それを見て湊はクスッと笑い、さらに顔を近づける。

「じゃあ俺と寝たいんだ」

（ねねねね、寝たいって……！）

そういう意味じゃないのかもしれないが、そういう意味かもしれない。

湊の言葉遊びなのだろうが、いちいち心臓に悪い。

（はあぁぁ……！　どうしよう、どういう反応をしたらいいのかわからない！）

夕妃は顔を真っ赤にして、結局逃げるようにうつむいてしまう。

すると湊はそんな夕妃の体をやすやすと抱き寄せて、耳元でささやいた。

「ほんと、いちいち反応がかわいいから、ついいじめたくなるな……。ごめん。機嫌を直して、顔を上げて。キスしてあげるから」

まるでご褒美をあげると言われているような気がした。

甘いささやきに鼓動が早まる。湊の指先が髪を撫でて首を撫でた。その指先に誘われるように顔を上げると妖艶に微笑む湊と目が合う。

「いい子だね」

それから湊の顔が近づいて唇が重なった。さらさらと、湊の黒髪が夕妃の額にこぼれ落ちてくる。舌が唇をなぞり、そのまま中に入ってくる。

湊とは何度もキスをしているけれど、毎回心臓が壊れそうになる。

（ドキドキする……苦しい……だけどずっとこうしていたい……）

とろけるような口づけとはこういうことを言うのだろう。体と心が混じり合って、ふわふわと浮いているような気がする。なのにどこか不完全で、もどかしくて、うずうずする。

「――泣いてる顔、かわいい」

夕妃の上にいる湊が、夕妃の目じりに浮かんだ涙を、親指で拭う。

自分でも気がつかなかったが、どうやら泣いていたらしい。

「興奮するな……」

もう一方の目からこぼれる涙を、湊は身を屈めて、唇で拭い、そして優しく微笑んだ。

「これ以上はしない。夕妃の治療が先決だからね」

（湊さん……）

それは要するに、この先まで進むのは――自分の声が普通に出るようになってから、ということなのだろうか。確かに、自分の声で意思表示が難しい、今の夕妃を抱くことはできないと湊は言っていたが、本当に声が出るようになるまで待ってくれるということなのだろうか。

薬は言われたように毎日飲んでいるが、いまいち効いているのかよくわからない。スマホで調べても、一週間で声が出るようになったという人もいるし、一年半かかったという人もいて千差万別だ。

（それまでずっと待ってくれるの……？　なんの保証もないのに？）

夕妃は目の端に残る涙を指先で拭いながら、湊を見上げる。

「待つよ」

まるで心を読んだかのように湊がささやく。

「お預けしてるこの状況も楽しいし」

（楽しい？　いやちょっと待って、お預けしてる……？）

「俺に毎晩キスされて、かわいいとささやかれて、身悶《もだ》えして涙ぐむ夕妃を見るのは楽しいだろう」

（ちょ……っ……ええっ!?）

「早く、俺に、『抱いてください』って言えたらいいね。おやすみ、夕妃」

湊はクスッと笑い、チュッと音を立てて夕妃の額にキスをすると、夕妃の上から身を引いて、ベッドに仰向けになった。しばらくすると、隣から穏やかな寝息が聞こえてくる。

（……もしかして湊さんって、すごいSっ気があるのでは……今さらだけど……）

呆然としつつ、そんなことを思う夕妃だった。


「いってきまーす！」

翌朝、朝陽は朝食でどんぶりご飯を三回おかわりした後、夕妃の手作り弁当をふたつ持って、元気に登校していった。

（いってらっしゃい）

玄関まで見送って手を振る。

朝陽が起きてくる前に、湊も夕妃も身支度を整えて、コーヒーを飲んでいたので、ふたりが同じ部屋から出てきたことは気づかれていないはずだ。

いや、結婚すると言ったのだから一緒にいてもいけないことはないのだが、さすがに思春期の弟にそういう目で見られるのは恥ずかしい。

「朝陽くん、さっそく寮に入る手続きをするみたいですね。書類上の手続きも弟に一任しますので」

【よろしくお願いいたします】

なにからなにまで申し訳ないと思ってしまうが、ここはもう割り切って、お任せしようと思いながら、腕時計に目を落とす湊に頭を下げる。

「弟が下に着いたらしいです。すぐに上がってきます」

(えっ⁉)

弟というのは当然、弁護士をしているという弟さんのことに決まっているのだろうが、まさかここに来ると思っていなかった夕妃は慌ててしまった。

「どうしたんです、オロオロして」

そんな夕妃を見て、湊は不思議そうに首をかしげながら近づいてくる。

(いや、その、弟さんに会うのにすっぴんっていうか、あのその……心の準備がまったくできてなくて！)

身振り手振りでそんな意思表示をする。

すると湊は顎先に手をやり、切れ長の目を細めて怪訝そうに眉を寄せた。

「うーん……お、は、よ、う、の、キスが、なかった？」

(なんでそうなるんですか⁉　っていうかしましたよね⁉)

当然今朝も、湊は夕妃が目を覚ます前から起きていて、二日連続で寝顔を見られたし、起き抜けにキスもした。

夕妃が顔を赤くして地団太を踏むと、湊はアハハと笑って、そのまま悔しがる夕妃を抱きしめた。

「ごめんなさい。おもしろくて、つい」

（もーっ、おもしろがらないでくださいっ！）

ブーブーむくれていると、玄関のチャイムが鳴る。

「ああ、来た」

それからガチャリとドアが開く音がして、「っはよー」と、スーツ姿の背の高い青年が近づいてきた。

「閑《しずか》、おはよう」

湊が夕妃から腕を放し、手を挙げる。

神尾家の一番下の弟、神尾閑は、湊よりもさらに背が高く、すらりとした体をネイビーの三つ揃えのスーツで包んでいる。母親似なのか父親似なのかわからないが、湊と顔立ちはあまり似ていない。弁護士と聞いていたので湊より固い印象を抱いていたのだが、茶色い髪はかすかにウェーブがかかっており、弁護士というよりもモデルのように華やかな美青年だった。

当然彼の胸には、秤《はかり》を取り囲むひまわりの意匠の弁護士バッジが輝いている。

(すごいなぁ……私とそう年が変わらない感じだけど……)

夕妃は緊張しながら、閑を見上げた。

「あのさ、湊ちゃん、今彼女といちゃついてなかった?」

「そうか?　お前の見間違いじゃないか」

湊はにっこりと笑って、それから夕妃の肩を抱き寄せて、閑に向き合わせる。

「彼女が、三谷夕妃さんだ。そして夕妃さん、こっちが弟の閑です」

(三谷夕妃です、どうぞよろしくお願いします!)

心の中で叫びながら、夕妃は閑に力いっぱい頭を下げる。すると閑も夕妃にしっかりと向き合って会釈した。

「初めまして。ご紹介にあずかりました、湊ちゃんの弟の神尾閑です。ちなみにシズカって名前は今度こそ女の子が生まれたらいいなーという母親の切なる願いと、そうではなかったので、せめて静かに育ってほしいとつけられました。ですが兄弟で一番のおしゃべりに育ち、今はしゃべりを仕事にする弁護士です」

滑らかな自己紹介はユーモアに満ちていて、緊張していた夕妃の肩からふっと力が抜ける。

(私があからさまに緊張してるから気遣ってくれたのかな。優しい人だな)

にっこりと笑う夕妃を見て、閑もまた愛嬌《あいきょう》たっぷりに微笑む。

「兄からだいたいのことは聞いています。不安があって当然だと思いますが、俺はあなたの味方ですよ。だから安心してくださいね」

その言葉を聞いて、夕妃は今度は落ち着いて、エプロンからメモとペンを取り出した。

【ありがとうございます。頼りにさせてください】

そのメモを受け取って、閑は目を丸くする。

「字がきれいだなぁ……。ちなみに俺は金釘流免許皆伝《かなくぎりゅうめんきょかいでん》で、事務所では神尾先生の字を判読するのに、別途料金をもらいたいって言われる腕前です」

要するにものすごく字が下手だということらしい。そしておしゃべりだというのも本当らしく、湊がキッチンでお茶を淹れているのを見て、「濃い目に淹れて!」とソファから叫び、湊にうるさがられていた。

その後、閑が作成した書類に署名捺印をし、用件は早々に終わった。

「では事務所に戻って、手続きを進めさせていただきます」

書類をバッグにしまいながら、閑は立ち上がる。

「職場のほうはあっさり済むと思うよ。もともと結婚して退社予定だったわけだし、有休消化で退職が早まるだけのことだ」

結婚したら専業主婦になってほしいと婚約者に言われていた夕妃は、彼の望みを受け入れていた。春の繁忙期が終わったらという約束で辞める予定だったのだ。

(よろしくお願いします)

夕妃は深々と静かに頭を下げた。

自分を正社員で雇ってくれていた職場には、正直未練もある。戻れるものなら戻りたい。だがこの状況で働き続けられるはずがない。直接謝罪することもできず、丸投げすることに抵抗はあったが、こうなるとやはりホッとする気持ちは否めなかった。

「今度改めて夕妃さんを紹介してよ。兄ちゃんたち、喜ぶと思うよ」

玄関で靴を履きながら閑がふたりを振り返る。その言葉に夕妃はちょっとドキッとした。湊にはあと三人兄弟がいるのだ。いったいどんな人たちだろう。

「落ち着いたらな」

「うん。じゃあまた」

閑はサッと手を挙げて、軽やかに出ていった。

その背中を見送った後、ふと湊が思いついたように声をあげた。

「あ」

（どうしたんですか？）

首をかしげると、同時に、湊がハアッとため息をついた。

「俺と君の婚姻届も用意しておくべきだった」

（えっ！）

いきなりの婚姻届という単語に心臓が跳ね上がる。

「朝陽くんから、届は出してないと聞いていたけれど」

リビングに戻り、夕妃はメモを書く。

【婚姻届はハネムーンから帰ってきてから出す予定でした】

「ハネムーン……」

湊の表情が曇る。

「ちなみにどこに行く予定だったんですか？」

【ハワイです】

新婚旅行の予定は、奇しくも湊の両親がいるハワイだった。

みるみる固くなる湊の表情に、夕妃は尋常でないくらい緊張した。

もしかしてこれはとても大事なことだったのだろうか。正直、朝陽を置いてハワイになんか行きたくなかったので、あまり考えないようにしていたのだが。

だが次の瞬間、不安に揺れた夕妃の体を、湊はソファの上で抱き寄せていた。

「よかった……」

耳元で安堵したような声が響く。

(え……?)

「今さらながら、ホッとした。あなたがほかの男とハネムーンに行かなかったことも、婚姻届を出さなかったことも……まるで神様が俺にくれた奇跡じゃないか」

(湊さん……)

「本当に、俺は幸運に恵まれたと思うよ。人妻になる前のあなたに出会えて、本当によかった」

湊は何度も何度も、よかったとささやいて、それから夕妃を抱きしめる腕に力を込める。

(湊さん……どう考えても面倒ごとばかりなのに、よかったって言ってくれるんだ)

湊の言葉が嬉しくて、夕妃の胸に温かいものが広がっていく。

愛されている。自分はこの人に本当に必要とされているのだ。

その思いは、なによりも夕妃に勇気を与えてくれた。

(頑張ろう……私、いつまでもメソメソしていられない。勇気を持つんだ。こんなふうに愛してくれる湊さんや支えてくれる朝陽くん、みんなのためにも、私が自分の意思をしっかりと持たなければ、私は誰も、幸せになんかできない)


それから夕妃は、まず自分の声に向き合うことにした。いつまでも部屋にこもっているわけにはいかない。病院にも行って、きちんと治療を受け始めた。

薬を飲み、自律神経を整えるために規則正しい生活を心がけ、同時に、発声の練習をする。声が思うように出せないからと黙っているのもよくないらしい。

そうやって地道に十日ほど訓練を続けていくうちに、ささやくようなか細い声ではあるが、以前よりも少しだけ声が出るようになってきた。

病院から戻ると、すでに朝陽も帰ってきていた。通常ならまだ部活があるのだが、今週末、いよいよ寮に入ることが決まって、その準備のために、自宅とここを行ったり来たりしている。

四年分の大量の荷物があり、ふたりで住んでいたアパートはまだ解約できていない。夕妃も荷造りを手伝うと申し出たのだが、あっさり朝陽には『荷造りくらいできるから』と断られてしまった。

（寮に入るまででも、もう少し頼ってくれてもいいのに……）

そんなことを思いながら、冷蔵庫を開けて中を凝視している朝陽に声をかける。

「ただいま」

「おう、おっかえりー。てか声、だいぶ出るようになったじゃん」

「ん……電話は、無理だけど……静かなところなら」

ささやき声しか出ないので、長身の朝陽が夕妃の声を聞く時は、まるで子供相手のように身を屈めなければならない。だが朝陽は「よかったなー」と笑って、そのまま夕妃の頭をくしゃくしゃと撫で回した。

「うん……」

自分でも少し希望が見えたところだ。褒められたことが嬉しくて、ついニマニマと笑ってしまう。

「お腹、空いた？」

「ホットケーキ食べたい。めっちゃ重ねたやつ。バナナが入ってて、バターとはちみつたっぷりのやつ」

昔から朝陽は夕妃が焼くホットケーキが大好きだった。だが残念ながらバナナもベーキングパウダーもなく、懐かしの味を作ってあげられそうにない。

「プリンにしない？」

妥協案を出すと、「えー、ボウルいっぱいじゃないと腹が膨れないんだけど」と笑いながらうなずいた。

さっそくふたりでキッチンに立つ。フライパンで湯煎して作る簡単なプリンだ。

「婚姻届、いつ出すんだっけ？」

「朝陽くんが、寮に入る日」

「今週末かよ。わざと？」

「うん。みんなの、お祝いの、日になるから」

「ブラコンにもほどがないか？」

朝陽は笑うが、大事な弟の旅立ちの日と自分の結婚記念日が同じなのは、素直に嬉しい。

「それから、湊さんが、朝陽くんの夏休みに、三人でハワイに行こうって」

「おおー、初海外、初ワイハー」

卵を割る手を止めて、朝陽が奇妙なダンスを踊る。フラダンスのつもりらしいが、百九十センチ超えの朝陽が踊るとそれだけで妙に笑えてしまう。

夕妃はクスクスと笑いながら、首を振った。

「湊さんの、ご両親に、会いに行くんだよ」

「わかってるって。でも楽しみじゃん」

「……うん。それは、楽しみ」

湊も仕事が忙しいし、朝陽も推薦狙いとはいえ一応は受験生だ。そう長い滞在はできないが、生まれて初めての海外旅行なのだから、夕妃だって楽しみだ。朝陽がワクワクしてしまうのは当然だろう。


湊が帰宅して、三人で夕食を囲み、彼にもプリンを食べてもらって、あれこれとおしゃべりをする。緩やかに時間が過ぎていく。

「おやすみ」と最初に言って立ち上がるのは朝陽だ。健康優良児の朝陽の夜は案外早い。それから夕妃も、湊に手を引かれて彼のベッドルームへと向かう。

「……夕妃」

ベッドの上で何度かキスをした後、上半身を起こした湊の両足の間にすっぽりとおさまって、彼の胸に体を寄せていた夕妃は、名前を呼ばれて顔を上げた。

「声が出るようになったら働きたいと言ってたね」

今すぐは無理だとわかっているが、できれば働いて社会と関わっていたい。そして自分で働いたお金で朝陽や湊にちょっとしたプレゼントを買ったりしたいというのが、夕妃の希望だ。

「案外その日は早く来るかもしれないよ」

「ほんとう……？」

「ああ。声、だいぶ出るようになっただろう。あなたは本当に努力家だ」

湊は優しく微笑んで、夕妃の首筋を優しく撫でる。

手のひらで体を撫でると筋肉をほぐす効果があるらしい。これも治療のひとつだ。それを聞いて、湊は寝る前のベッドの中で、必ずこうやって夕妃の肩や首を撫でてくれるようになった。そうやって撫でられているうちに、夕妃はすとん、と落ちるように眠ってしまうのだ。

（撫でられて寝てしまうなんて、猫か犬みたいだけど……）

「だから……さすがにどこでもいいってわけにはいかないが、夕妃が働きたいのなら、俺は全面的にバックアップする。たとえば閑がお世話になっている弁護士事務所とか……最近欠員が出た、俺の秘書とか……。いや、さすがに秘書はまずいか……公私混同まっしぐらだ」

湊はふふっと笑って、それから頬を傾け、夕妃にキスをする。

(もし、湊さんの秘書になったら――。テキパキと働く彼のそばにいたら、そして見つめられたりなんかしたら、つい仕事を忘れて、大好きと言いたくなるに決まっている。私も公私混同しちゃいそう……)

夢見心地でうなずくと、湊は「それに、いけないこともしたくなるだろうな」とささやいて、額に唇を押しつける。

「いけない、ことって……?」

「そうだな……。出張と称してデートするとか。職場で人目を盗んでキスするとか?いやいや、神聖な職場をなんだと思ってるんだ、まったく」

他愛もない冗談だとわかっているが、その場面を想像するだけで楽しくなってくる。

それからチュ、チュ、と顔中にキスの雨が降る。

「夕妃、うっとりしてる。そんなに気持ちがいい?」

ほんの少しかすれた声で、湊がささやく。

「もっとしてほしかったら、おねだりしてごらん」

ちなみに、少しずつ声が出るとわかってから、湊は夕妃に意地悪な問いかけをするようになった。意地悪だと涙目で抗議すると、『リハビリを手伝ってるだけ』と爽やかに微笑むのだ。

「もっと、して……」

だから夕妃は少しずつ、湊の要求に応えるようになっていた。

湊は無言で夕妃を見つめている。無言の圧力に、たまらない色っぽさを感じる。

なんでもいい、反応が欲しくて、また声を振り絞った。

「キス……して」

「わかった。夕妃の望み通り、してあげる」

湊は夕妃の頭の後ろを抱えてそのままベッドに横たわらせる。そしてまた優しく、触れるだけのキスをした。

湊とは、まだキス以上のことはしていない。だが、その肝心のキスが心も体もとろけさせてしまうのだ。

そう遠くない日、この先を知ってしまったら、いったい自分はどうなってしまうのだろう。

朝陽の寮に入る日が決まった。入籍もする。愛する湊と、本当に、夫婦になる。

声も多少だが出るようになった。ちゃんと話せるようになったら、どこかで働く。

そして穏やかな日々を過ごす。少しずつすべてがうまく回っていく。

幸せすぎて、少し怖いくらいだ……。

湊の甘い意地悪に身を任せながら、夕妃はゆっくりと目を閉じ、眠りに落ちていった。


それから数日後、朝陽の入寮前日の朝。朝練に行く朝陽に大きなお弁当を渡しながら、夕妃は学生服の袖を掴んで引き寄せる。

「今日、三人でご飯、だから」

「はーい、了解！　ごちそう作って待ってろよ！」

「待ってろよって……」

（どちらかというと、『ごちそう作って待ってるね』って、私が言うのが正しいんじゃないのかな）

夕妃がクスッと笑うと朝陽がワハハと笑う。朝陽は「早く帰る」としっかりとうなずくと、夕妃の頭をくしゃくしゃと撫でて元気よく飛び出していった。

それからしばらくして、今度は身支度を整えた湊がキッチンに姿を現した。

「おはよう、ございます」

「おはようございます」

湊はにっこりと笑って、それから夕妃の腰に手を当てて体を引き寄せる。

「昨日、ベッドの中で泣いてたみたいだけど、大丈夫？」

今はすっかり渇いてしまった、夕妃の頬を指で撫でる。

昨日はふと夜中に目が覚めて、朝陽のことを思い切なくなり、泣いてしまったのだ。目を閉じれば、十四歳の朝陽の顔が浮かぶし、一緒に暮らした四年間の、悲喜こもごもが昨日のことのように蘇り、胸がいっぱいになる。

(悲しいわけじゃない、朝陽くんが自分の意志で決めたことなんだから、それは素晴らしいことなんだから……立派なことなんだから)

そうわかっていても涙が止まらず、これでは娘を嫁にやる父親のようで。湊の指摘に夕妃の顔が真っ赤に染まった。

「悲しい、わけじゃないけど、ちょっと……その……」

「ああ、わかるよ」

湊はうなずいて、うつむく夕妃の顎先を持ち上げる。

「夕妃はこの四年間、母親で父親だったんだからね。頑張ったね」

指で、すりすりと目の端をなぞり、夕妃の体をしっかりと両腕で抱きしめる。その優しい労わりに、じーんと夕妃の胸は熱くなった。

「ありがとう……」

それから湊の出勤を見送る。

湊も今日の夜のために、早めに帰ってきてくれる。

昨晩は寂しくて泣いてしまったが、今晩は朝陽の好きなものをテーブルいっぱいに並べて、楽しく朝陽を見送りたい。

(……頑張ろう)

夕妃は心の中でガッツポーズをして、それからリビングに戻り、湊に借りたノートパソコンを開く。

(よし、これでお願いしよう)

パソコンで食材の注文を済ませた夕妃は、ふうっとため息をついて、エンターキーを押した。

日々の食料などは、すべてネットスーパーの宅配だ。午前中に頼めば、夕方までには配送してくれる。便利は便利だが、少し味気ない。深夜ならまだしも、昼間の買い物くらいひとりで行ってもいいのではないか。そう思う夕妃だけれど、『それは絶対にダメだ』と湊から強く反対されてしまった。

夕妃を脅かすようなことは口にしない湊だが、その反応で、夕妃はなんとなく自分が置かれている状況を理解した。かつて婚約者だった男は、どんな理由でかはわからないが、いまだに自分を諦めていないのかもしれない、と——。

思えば、彼、桜庭麻尋《さくらばまひろ》は、出会った時からどこか不安定な男だった。

桜庭麻尋は夕妃が勤める事務用品通販会社の親会社から、営業部長として出向してきた。社長の親戚筋で、いずれ本社に戻り、それなりの役職につくことが決まっていた。

二十八歳のイケメンではあるが、女の噂が絶えないと、同じ事務職の女の子から聞いていたので、夕妃自身は食事に誘われた時は躊躇《ちゅうちょ》なく断っていた。

けれど桜庭は諦めなかった。あまりにもしつこかったので、一度食事をすれば飽きるだろうと思い、オーケーした。

だが食事を終えて帰ろうとしたところで、『俺の女になりなよ。まぁ、もちろんそういう女の子は、〝夕妃〟ひとりじゃないけど』と言われた夕妃は、『そういうの、いけないと思います』と、思わずそう口にしていたのだ。

きっとそれがきっかけだったのだろう。桜庭は夕妃に執着するようになった。夕妃の家庭の事情を調べ上げ、勤める会社の社長にも手を回したのだ。

『桜庭さんがすごくきみを気に入っていてね……。ほら、うちも小さな会社だから……わかるだろう？　うちを助けると思って』

何度断っても社長にことあるごとに呼び出され、桜庭との結婚をすすめられた。内容が内容だけに誰にも相談できず、次第に眠れなくなっていた。いっそ仕事をやめてしまえばと思ったが、このご時世、正社員の職などそう簡単にはない。迷っているうちに、朝陽の担任教諭から朝陽が進学をしないと勝手に決めたことを聞かされて、夕妃はストレスを積み重ねた。

そしてある日、桜庭の『俺と結婚したら、弟くんにはなに不自由ない援助をしてあげる』という言葉に、ほんの一瞬、心が傾いてしまったのだ。

桜庭がそれを見逃すはずがない。連日、夕妃さえ我慢すれば、すべてがうまくいくと言い含めた。そして夕妃はいつの間にか、桜庭の言う通りにすれば弟は幸せになれると、信じるようになっていたのだ。

『夕妃、あんたは俺の言うことを聞いていればいいんだよ』

桜庭は夕妃に向かって毎日そうささやいた。意志はいらないと言いながら、この現状を選んだのは夕妃自身なのだと言い聞かせた。

『これでみんな幸せになれるんだ。よかったね。弟くんだって大学に行ける』

繰り返される言葉に、夕妃は無言でうなずくようになっていた。

『私さえ我慢すればみんな幸せなんだ……』

そこに自分の意志はなくなっていた。


記憶が一気に、波のように押し寄せてくる。

「あっ……！」

夕妃はキーボードに顔を突っ伏して、唸り声をあげていた。宅配を受け付けたメールが届いたが、開くこともできなかった。

「はっ、はっ、はっ……！」

胸が苦しい。息ができない。吸えない。吐けない。できるだけ、考えないようにしていたはずなのに、桜庭麻尋のことを思い出してパニックになる。

（落ち着いて、落ち着いて……っ……）

自分に言い聞かせるが、今度はグラグラと地面が揺れ始めた。ぎゅうっと胸のあたりを掴み、うずくまる。首の後ろから背筋にかけて全身が強張っていく。

まるで全身に毒が回っていくような気がした。桜庭麻尋の〝呪い〟だ。

（助けて……っ……！）

とっさにテーブルの上に置いてあったスマホを引き寄せて、湊の番号をタップする。すぐにコール音が聞こえるが、ハッとした。彼は仕事中だ。

（ダメだ、こんなの、迷惑かけちゃう……！）

慌てて電話を切ったが、着信に気がついたらしい湊から、すぐに折り返し電話がかかってきた。涙は止まらないが、出なければ余計心配させる。ここは間違ったと言い張るしかない。手の甲で涙をごしごしと拭った。

「ごっ……ごめん、なさいっ……」

電話を取り、夕妃は真っ先に謝罪の言葉を口にした。

《夕妃？》

「ごめん、なさっ……間違って、押して……」

全身から汗が噴き出して止まらない。

《――本当に？　なにかあったわけじゃなくて？》

「ないっ……」

それでも夕妃はスマホを握りしめたままブンブンと首を振った。

《もう少し早く帰ろうか？》

今日はいつもより少し早く帰ると湊も約束してくれている。これ以上早くというのはいくらなんでも申し訳ない。

「いいです、ごめんなさいっ、部屋にいるから大丈夫ですっ、切りますっ……」

何度も謝りながら、通話を切る。夕妃は両手で顔を覆い、そのままずるずると床に寝そべった。

（落ち着いて……ここに桜庭さんはいない……ここは、安全……！）

そうやって自分に言い聞かせていると、体から徐々に強張りが取れていく。

それからおそらく一時間くらい横たわっていただろうか。視界ももと通りになり、息もできるようになった夕妃は、

「はぁ……」

ゆっくりと息を吐いて、そして吸い込むを繰り返す。

「だい、じょう、ぶ……」

声も、なんとか出るようになった。また出なくなるのではと焦ったが、ホッと胸を撫で下ろす。

（桜庭さんのことを思い出しただけで、こんなパニックになるなんて……）

情けないと思いながらも、心はまだ萎縮したままだった。

そこでピンポーンと、玄関からチャイムの音が聞こえた。

（食材がもう来たのかな……）

ぼんやりした頭のまま、腕をついて床から上半身を起こす。玄関からガチャリ、と鍵が開く音がした。

「えっ……？」

音のしたほうに目を凝らすと、ドアが開き、なんと湊が慌てた様子で入ってくるのが見えた。そして彼は床に座り込んだままの夕妃を見て声をあげる。

「夕妃っ！」

バタバタと一目散に部屋に上がり、前に座り込んで、顔を両手で包み込んだ。

「様子がおかしかったから気になって」

よっぽど急いで戻ってきたのだろう。珍しく肩で息をしていた。

「涙の跡がある」

ハッとした夕妃は慌てて視線を逸らすが、湊はクスッと笑って首を振った。

「毎晩夕妃をキスで泣かせてる俺が、気づかないわけないだろう」

そして湊は、目を逸らしたままの夕妃を見つめる。

「夕妃……まず、俺を信じてほしい。そして俺を好きな自分を許してあげないか。夕妃は俺に守られて、安心していいんだよ。人に頼るのはなにも悪いことじゃないんだ」

ストレートな労りの言葉を聞いたその瞬間、夕妃が必死に胸の奥に押し込めていた感情が、堰《せき》を切ったように溢れ出す。

「っ、あっ……！」

夕妃は悲鳴をあげる。

湊はなにもかもわかっているのだ。

好きと言われて嬉しくても、不安になって。守ると言われても、心のどこかでこれ以上迷惑をかけたくないと、甘えるのを躊躇してしまう。自分が我慢すればいい、たいしたことはない、大丈夫だと言い張ってしまう。いつだって百パーセント自分を、許すことができない。

そんな自分のことを、わかっていて、それでも黙って見守ってくれていたのだ。

夕妃を支配していた桜庭麻尋という男がどんな男なのか。そしてどんなふうに夕妃を縛りつけていたのか。

時には苛立つこともあったに違いないのに、夕妃を傷つけないために、いつも大丈夫だと、ささやいて。抱きしめて、キスをして眠らせてくれた。

自分は湊の穏やかで優しい愛情にこんなにも守られていたのだとようやく気がついて、胸が締めつけられ、鼻の奥がツンと痛くなった。

「こわ、かったっ……」

夕妃は、絞り出すように声を出す。

たったひと言。そのひと言を口にするのに、どれだけ時間がかかっただろう。

「すごくっ……怖かったっ……」

わなわなと、唇が震えた。

「うん……うん」

湊はわかっているというふうに、小さくうなずいた。

「私っ……ずっと、ずっと……朝陽くんを、失いたくなくてっ……。ちゃんと、お父さんの分もっ、お母さんの分もっ、ちゃんと、朝陽くんをみなきゃって、私が、我慢すればいいんだからってっ……。怖かったけどっ……すごく、すごく、怖かったけどっ……あの人から、にっ、逃げ出せなかったぁっ……ううっ……ううっ、うう、うわぁぁあ……！」

目の奥から涙が噴き出した。そして自分でもビックリするくらい大きな声が出た。

「た、すっ、けてっ……助けてっ……！」

叫びながら、夢中で湊の胸にしがみついた。そうしなければ、悪意の波にさらわれて、溺れて死んでしまうと思ったから。

「――夕妃」

背中に湊の腕が回る。ぎゅうっと抱きしめて、それからブルブルと震える夕妃の背中を優しく撫でる。

「大丈夫だ……もう、大丈夫だよ……。俺がそばにいる。大丈夫だ」

（あったかい……）

床に座ってあぐらをかいた湊の膝の上に夕妃は頭をのせていた。膝に手を置いて、その手の甲に、ぎゅっと頬を押しつけて、まるで子供のように湊にくっついていた。背中は相変わらず湊が撫でてくれていて、時折髪に触れて、指で梳く。

「夕妃の髪はきれいだね。サラサラして……ずっと撫でていたくなる」

そうやって美しい言葉をかけられ、優しく触れられていると、自分という存在が、とても大事なもののような気がしてくる。こうやって湊が自分に触れてくれるから、自己嫌悪だらけになっても、自分を心底嫌いにならなくて済むのだ。

「……ありがとう。もう大丈夫」

夕妃はささやく。そしてゆっくりと顔を上げ、湊を振り返った。

「夕妃……」

湊は髪を撫でていた手で、今度は夕妃の頬の上に指を滑らせる。

心だけではなく、不思議と体も軽かった。

「喉も……苦しくない……」

そっと自分の首に触れた。

そこにはずっと、『モノを言うな』と首を絞める桜庭の見えない手があったのだ。

けれど今はそれを感じない。湊に『怖かった、助けて』と、子供のように助けを求めて初めて、ようやく彼の呪いが消えたような気がした。


その日の夜、朝陽と湊と三人で、朝陽の入寮と結婚前日のお祝いをした。

朝陽は夕妃の声がすっかり出るようになったことに驚いた様子だったけれど、なにかを察したのか、わざわざ問いただすことはしなかった。

ローストビーフをメインに、テーブルに乗り切れないほどの料理を食べ、さらにデザートには朝陽念願のホットケーキを焼いた。もう食べられないとわぁわぁ騒ぎながら、ホットケーキをタワーのように積み上げ、三人ではしゃいで、笑って。あんまりにも楽しくて、別れがつらく、涙も出たけれど、本当に素敵な夜だった。


「——朝陽くんと眠らなくてよかった？」

「そこまで……ブラコンじゃないです」

夕妃は唇を尖らせながら、本を読んでいる湊の隣に体を滑り込ませる。

時間はすでに深夜十二時を回っていた。パーティーは楽しかったが、終わってしまうと急激に寂しくなる。

湊はクスッと笑って強がる夕妃の肩を抱き寄せる。呼吸で緩やかに上下する彼の広い胸に頬を押しつける形になって、ドクンドクンと心臓の音が聞こえてきた。

(あったかい……落ち着く……)

なにを読んでいるのかと彼の手元を覗き込むと、英語だった。

「……読めるのですか」

「読めるよ。というか、その変な敬語なに?　カタコトだし」

「緊張して……て」

やっと普通に意思の疎通ができるようになって、今まで心の中や、メモ、つたない言葉で、あれこれと彼に向かって話していたことを思い出すと、妙に構えてしまう。

「緊張、ねぇ」

湊は読みかけの本を閉じて膝にのせると、どこか楽しそうに夕妃の顔を見下ろし、覗き込んできた。

「ついに抱かれる日が来たと、緊張してるってこと？」

「そっ……それはっ……ちょっとだけ……」

「ふぅん……ちょっとだけなんだ？」

湊はどこか意地悪そうに問いかける。

「いや、だいぶ……」

夕妃は、ぎゅっと湊の胸に額を押しつけた。

（彼の顔をまともに見れる気がしないよ……）

声が出たら一線を越える。湊は最初から一貫してそう言い続けていたのだ。

「夕妃……」

湊はかけていた眼鏡を外す。そして夕妃に顔を近づけ、ささやいた。

「愛してるよ……」

湊の柔らかい唇が額に触れる。

（いよいよ……いよいよ！）

心臓がありえない速さで跳ね回っているのがわかる。彼はどんなふうに自分を愛してくれるのだろう。ドキドキして本当に死にそうだ。

夕妃はごくっと息をのみ、その続きを待ったのだが——。

「でも、今晩はやめておこうね」

（えっ⁉）

「朝陽くんもいるし」

湊はあっけらかんとした様子でそう言い放つと、夕妃の頬を両手で挟み、唇の上にキスをする。

「おやすみ、夕妃」

「お……おやすみ、なさい……」

若干の肩透かしを覚えながら、夕妃はうなずく。

湊は「うん」と言い、それからゆっくりとベッドに横になった。どうやら本当に〝おやすみなさい〟のようだ。

（そっ、そうよねっ、今日は入籍前日だしっ、朝陽くんもいるしっ、ちょっと恥ずかしいよね！　それに明日からは晴れて夫婦なんだから……明日でも……っ！）

すっかりその気だった夕妃は、顔を赤くしながらベッドに横たわって目を閉じた。

そして翌日、朝陽は入寮し、湊と夕妃は晴れて夫婦になった。

入籍は至極簡単だった。婚姻届けに必要事項を記入した後、仕事帰りの湊の運転する車でふたりそろって役所に行き、夜間受付に提出して終わりだ。久しぶりの外はドキドキしたが、湊がそばにいてくれるので、まったく不安はなかった。

ちなみに保証人の欄にサインをしてくれたのは、何度か話に聞いた湊の親友夫婦だという。湊としては、入籍前に一度顔を合わせられたら、と思っていたらしいのだが、親友が海外出張があるということで、時間がとれなかったらしい。

「まぁ、別に基になんか会わなくてもいいけどね」

ちょっと憎まれ口風に、湊が親友の名を口にしたので、きっとふたりはとても仲がいいのだろう。湊の知らない一面を知れたような気がして、嬉しかった。

(もっともっと、そんな話を聞きたいな……)

婚姻届を出して夕妃は〝神尾夕妃〟になったが、湊との関係は出会って数週間、まだ始まったばかりなのだから。

(幸せすぎて、ふわふわする……ふわふわ……)

軽めに夕食を取った後、リビングのソファでぴったりと湊にくっついているとポカポカして眠くなってきた。ワインも飲んでいるので、少し酔っているのかもしれない。

「――夕妃、眠くなった?」

湊の胸にもたれるようにしてうつらうつらと船をこぐ夕妃に、湊がささやく。

「ううん、大丈夫っ……」

ハッとして顔を上げて、目をこする。

だって今日は〝初夜〟だ。文字通り、入籍して、夫婦になって初めての夜だ。うかうか寝てなどいられない。キリッとした表情を作って、湊を見上げた。

「夕妃、大事な話があるんだ」

「はい」

いよいよだ。緊張が高まってくる。

「いろいろ考えたんだが、やっぱり夕妃には、俺の秘書になってもらう」

「えっ？」

（秘書？　なぜ、秘書？）

確かにそんな話もしたが、あれは冗談ではなかったのだろうか。そしてなぜこのタイミング？と、頭の中がクエスチョンマークでいっぱいになる。

「どういうこと？」

すると湊はまじめな顔でソファの上で座り直し、夕妃と向き合った。

「声が出るようになったら働きたいって言ってただろう？」

「うん」

「いつまでも部屋に閉じこもっていると精神衛生上よくないし、働くこと自体は俺も賛成だ。だから働くとしたら、事情を知っている閑のところが一番いいと思っていた。だが君がそばにいないとなると、俺が不安で仕事が手につかない気がするし、ひいては閑にも、君にも迷惑をかけることになると思う」

「湊さん……」

「だから、秘書として俺のそばにいてほしい。家でも、仕事でも、いつもそばにいたら、俺は君を一番に守れる男になれる」

　そして湊は、夕妃の頬に触れ、唇に触れる。

「君になにかあったらと考えただけで、恐ろしくなる。君がいなくなったら、俺は気が狂うかもしれない。閑には過保護だって笑われたが……どうだろうか」

「そんな……」

　心配そうに自分を見つめる、湊の深い愛情に胸が詰まる。

「ありがとう……」

　夕妃はじんわりと目の端に浮かぶ涙を指先で拭い、改めて湊の前で居住まいをただす。そして深々と頭を下げた。

「湊さん、私、頑張ります。仕事もちゃんとやり遂げます。どうぞよろしくお願いいたします」

「夕妃……」

湊はホッとしたようにうなずいて、それから夕妃の手をしっかりと握った。

ふたりの間に優しげな空気が流れたが、それも次の瞬間一転した。

「じゃあ、明日からさっそく研修だな」

湊がキリッとした表情で唇を引き結ぶ。

（えっ……研修？）

「エールの関連会社に人材派遣会社がある。とりあえずそこに旧姓で登録して、うちに派遣されたていを取ろう。だが最低限、秘書として派遣できるレベルでないと、もしかしたら君と俺の関係を疑われるかもしれない。違う意味で面倒ごとが起こっては元も子もないからね」

「えっと、それで、秘書の勉強……研修を？」

「念には念を入れよというし。ビシバシ、体と頭に叩き込むから」

湊の涼し気な顔立ちからは甘さが消えていた。

「びっ……びしばし……」

「ではさっそく、カリキュラムを組むよ。明日から一週間、みっちり頑張ってもらう」

湊は夕妃の手を離し、すっとソファから立ち上がると、

「まず俺のレベルまではさすがに無理だから……」

思案顔でブツブツと呟きながら、「こうしてはいられない」と、足早に自分の部屋へと向かっていく。

（え……えっ？　もしかして新婚初日から、ビシバシ叩き込まれるのって、勉強なのっ⁉）

というわけで。

非常に残念ながら、湊のお預けは——もう少し続くことになったのだった。

新婚熱愛エブリデイ　～上司と部下になる前のふたり～

「もうっ……無理っ！」

夕妃は枕を抱え、顔を押しつけて叫んでいた。

なにが無理かと問われれば、入籍直後から始まった、湊の〝それなりの秘書になるまでの詰め込み教育〟である。

入籍してからすでに一週間、秘書としての基本的な実務から、総合的なビジネスマナー、果てはペン字まで、寸暇を惜しみ勉強をしているのだ。もちろん湊は日中は会社へ出かけているが、帰ってきたら彼の添削指導が待っている。

今日もビシバシしごかれた。湊に添削されている時は本気で生徒の気分になる。ちょっぴり涙目になったのはここだけの話だ。

（一応私たち、新婚よね……？）

夕妃はハァとため息をつきながら、二階の自分の部屋のベッドの上を、何度もゴロゴロと転がっていた。

結婚するまでは毎晩一緒に眠っていたが、今はひとりだ。湊から言われたわけではなく、夕妃がそうさせてくれと言ったのだ。

（そうじゃないと頭が切り替えられないから……。でも、失敗したかも……）

夕妃は悶々としながら、ベッドの上をまた転がる。

逆に一緒に眠ったほうが、仕事からプライベートへの切り替えがうまくできたかもしれない。離れて眠ると、頭が常に仕事モードで、寝つけなくなるのだ。

（湊さんに、やっぱり一緒に眠りたいって言おうかな……）

初夜云々はいったん置いておいて、せめて愛する人のそばにいられたら、つらさも紛れるような気がする。

（うん、そうしよう……）

夕妃はベッドから起き上がると部屋を出て階段を下りる。深夜ではあるが、湊の寝室から明かりが漏れていた。ドアがきちんと閉まっていないらしい。

（湊さん、起きてるのかな……？）

ドアを押し、湊に声をかけようとしてハッとした。彼はベッドの中で上半身を起こし、膝の上に置いた参考書を眺めながら、付箋を貼っていた。夕妃がドアを開けたことにも気づかない。かなり集中しているようだ。かけている眼鏡を外して、目頭を指で押さえている。

（あれって……私のためだ……よね）

その様子に、夕妃はグッと胸が詰まり、涙腺が緩んだ。

エールマーケティングの社長としての実務をこなしながら、夕妃の指導までしているのだから、どう考えても、湊のほうがずっと大変なのだ。

（こんなことで甘えるのはダメだ……。いや、湊さんは甘えていいって言ってくれるけど、こういうのは甘えるとは言わない。ただの甘ったれだ）

夕妃はぎゅっと唇を噛みしめて、そーっと後ずさりながら、ドアを閉めようとした。

だがその瞬間、ふと顔を上げた湊と目が合う。

「夕妃？」

「あっ……」

見つかってしまったと、夕妃は目を大きく見開く。慌てて顔を横に振った。

「ご、ごめんなさい、あの、その、えっと、ちょっとおやすみなさいって言おうと思ってそれだけで！」

「なにも言わずにドアを閉めているところだったようだけど」

「っ……」

湊は硬直する夕妃を見て、クスッと笑うと、眼鏡をかけ直し、手を差し出した。

「おいで」

「で、でも……」

おいでと言われたら胸が弾む。このまま彼に抱きしめられたらどんなに幸せだろう。

「夕妃」

湊が優しく名前を呼ぶ。

「俺が君を抱きしめたいだけだから。おいで」

(そ、そんなこと言って……!)

そのひと言で、夕妃はそれまで我慢していたなにかが決壊したような気がした。

バタバタと、足早に湊のもとに近づいていき、そしてそのまま彼の胸元に飛び込み、背中に腕を回す。ぎゅうっと抱きつくと湊の匂いがした。

スーツを着ている時の湊はすらりと背が高いので細身に見えるが、腕を回すとその逞しさに驚いてしまう。胸板は厚く体は引き締まり、自分とはまったく違う男の体をしている。

(たった一週間くらいで、こんなに懐かしい気持ちになるなんて……)

泣きたいような嬉しいような、複雑な心境だ。

そのままグイグイとしがみついていたら、上からクックッと笑い声がした。

顔を上げると、湊が苦笑いしている。

「なっ……なんで笑うの……」

「いや？　そんなにひとりが寂しかった？」

ずばり言い当てられて耳が赤くなるが、ここまできて、ひと回りもふた回りも上手《うわて》な湊に取り繕っても仕方ない。

「寂しかったです……」

素直にうなずくと、湊はふっと表情を緩めて、夕妃の前髪をかき分けて、額にキスをした。

「俺もだよ。素直に言えていい子だね。じゃあ今晩は一緒に寝ようか」

（今晩は……？）

今晩〝から〟ではなく、今晩〝は〟という単語に引っかかったが、圧倒的湊不足の夕妃にそれ以上考える余裕はなかった。

湊の腕が夕妃の背中を抱き寄せる。近づいてくる顔の気配を感じて、目を閉じた。

長い長いキス。

向かい合わせで彼の膝にのせられて、とろけるような口づけの時間が続く。湊の唇は柔らかく、舌は熱く、指先や手のひらは絶えず夕妃の体を撫でて、一時も離れない。

「一週間お預けしてたからかな……夕妃、いつも以上に反応がいいね」

湊は楽しそうにそうささやいて、ぼうっと夢見心地の夕妃の顔を両手で包み込み、微笑む。

（確かにずっと全身がぞわぞわして……ふわふわしてるかも）

「もう少し、先に進んでみようか」

「さき……？」

先の意味を考える間もなく、湊はまるで繊細なガラス細工を扱うかのように、夕妃を抱きかかえて、後ろから抱きしめる。そして夕妃のうなじにキスをしてから、夕妃が着ていたパジャマのボタンを、下からひとつずつ外し始めた。

（えっ……ええっ……！）

今までどれだけ夜を一緒に過ごしても、湊は夕妃の着ているものを脱がせたことはなかった。

「あっ……」

肌に直接触れるひんやりした空気に、恥ずかしさから慌てて湊の手を止めようとすると、湊は笑って首を振った。

「嫌？」

嫌ははずがない。湊にされることなら、どんなことでも嬉しい。

だけど恥ずかしいのは別で、心臓が破裂しそうになってしまう。

「恥ずかしい……」

「わかった。じゃあ全部は外さない」

いくつかボタンが止まった状態で手を止めると、湊はそのまま、手のひらをパジャマの下から滑り込ませた。

(み……湊さんに、触られている……)

湊の大きな手が胸の膨らみを包み込み、指先が敏感なところに触れる。

(どうしよう……気持ちよすぎて、死にそう……)

「……夕妃。どうして声を押し殺すの」

湊が熱っぽい声でささやく。

「夕妃が気持ちよさそうだと、俺は嬉しいよ」

(嬉しい……?)

「そう……嬉しい……そしてめちゃくちゃ興奮する……わかる?」

耳元でささやいていた湊の唇が、夕妃の耳に触れる。

「早く夕妃の中に入りたい……って……押し入ったら、夕妃はどんな顔をして、どんな声をあげるんだろうって……興奮する」

湊の舌が、するりと耳の中に入ってきた。それは当然夕妃のまったく知らなかった領域で、思わず体が跳ね、背中をのけぞらせてしまった。

頭の中で、湊の音がする。目の前が真っ白になって息ができなくなる。気がつけば、体をベッドの上に横たえられていた。湊はそんな夕妃の上で艶やかに微笑む。いつも見る湊ではない、ひとりの男の、欲望に濡れた目で湊は夕妃を見つめていた。

こんな目で見られて、ときめかないはずがない。

（湊さん……やっと私たち、夫婦になれるの……？）

夕妃の心はすでに湊一色に染められていた。早く彼のものになりたかった。心も体も抱きしめて、貫いて、埋めてほしかった。けれど——。

湊はしばらく夕妃を見つめた後、ふっと笑って、夕妃の額にチュッと音を立ててキスをすると、ささやいたのだ。

「おやすみ」

（えっ……？）

「俺は仕事を片付けてから寝るよ」

そしてすっと夕妃から体を離し、何事もなかったかのように軽やかにベッドルームを出ていく。

夕妃はビックリしてベッドから飛び起きたが、なんと言って追いかけていいかわからず、その場で呆然と閉まったドアを見つめるしかない。

（うううううう、嘘でしょー⁉）

だが、残念ながら、湊はベッドルームには戻ってこなかった。

気がつけば夜は更け、太陽が昇り、昨日とはなにひとつ変わらない朝が来た。

（湊さんがなにを考えているのかわからない……）

夕妃は焦ったが、本当にどうしていいかわからない。

（いや、本当に仕事が山積みだった……のかも？）

「うん、そうよ、そうよ……」

昨晩の妖艶な気配をつゆとも残していない湊の出勤を見送った後、夕妃は山積みの問題集のノルマをこなしながら、そう自分に言い聞かせる。

明日は土曜日で、湊は休みだと言っていた。日曜日は少し出かける用事があるが、間違いなく今晩から明日まではフリーなのである。

（今日こそ……やり遂げてみせる！）

だが、そんな夕妃の決意も虚しく――。

その夜、リビングで宿題を見てもらった後、湊は満足したように笑顔を浮かべた。

「うん、このレベルなら大丈夫だ。さっそく来週、うちの人材派遣会社に登録して、エールマーケティングの社長秘書に配属させよう。短い時間でよく頑張ったね、夕妃」

そして緊張した様子で湊の様子をうかがっていた夕妃の肩に手を伸ばし、引き寄せると、まるで親が子供にするようなかわいいキスをして、ポンポンと頭を叩いた。

「来週からいきなりフルタイムのハードな生活になるからね。今日と明日はゆっくり休んで、月曜日に備えなさい」

「えっ……！」

まさか仕事に備えて休めと言われると思っていなかった夕妃は、目を丸くする。

「じゃあ、おやすみ」

湊はソファから立ち上がると、そのまま自分の部屋へと向かっていく。

このままではいけない。

「あっ、あのっ、みっ、湊さんっ！」

慌てて夕妃は立ち上がり、湊に声をかけた。

「ん？」

肩越しに振り返る湊は、穏やかで、きれいで、大人の余裕があった。

その顔を見ていると――。なぜだろう。夕妃はこんなことで必死になっている自分がすごく子供っぽいような、釣り合わないような気がして。もう夫婦なのに、なぜかすごく遠い存在のような気がして――。

「ううっ……ヒック……」

悲しいとか情けないとか、ごちゃ混ぜになった感情が、涙になって、溢れてきた。なにより夕妃自身、突然泣いてしまう自分にビックリしたのだが――。

「あ……」

その瞬間、湊の眼鏡の奥の瞳が大きく見開かれる。

「夕妃」

「っ、ごっ……ごめんなさ……」

慌てて手の甲で涙を拭うと、湊は「いや……」と言って、足早に夕妃のもとに戻ってきた。そして少し困ったように顔を覗き込んでくる。

「どうした？　なにか不安なことがある？　やっぱり秘書の仕事はしたくない？」

「ちが……」

「じゃあこの涙はなに？」

湊は夕妃の肩に手をのせ、顔を近づけてくる。

「なんでも言って。俺たち夫婦だろう。俺に我慢することなんか、なにひとつないんだよ」

それは本当に労わりに満ちていて、夕妃の心をそっと包み込む優しい声だった。その瞬間、また夕妃の涙腺が決壊する。自分はこんなに涙もろい人間だっただろうかと、不思議になるくらいに、涙が溢れて止まらなくなった。

「い、いつっ……」

「うん」

「いつっ……わたっ……わたしのこと、お嫁さんにして、くれるのっ……」

「え?」

「子供っぽい、からっ……?　やっぱり、私がっ……」

「いや、待って、夕妃」

珍しく、湊が焦ったように言葉を挟んだ。

「なんでそうなるんだ……ああ、いや、俺はよかれと思って……」

なにがよかれなのだ。夕妃はまったくわからない。

夕妃は後から後から溢れくる涙を拭いながら、半ば駄々っ子のように叫んでいた。

「毎日っ、一緒にっ、寝るっ！」

「はい……」

その迫力に押されたように、湊がうなずく。

「はいって……はいって、なによっ……ばかっ……ううっ……」

泣いたら今度は腹が立ってきた。

さんざん好きにさせておいて、湊は自分にずっとお預けをしておくつもりなのか。

少々Sっ気があることはわかっていたが、これはあんまりではないか。

夕妃はそんな不満を、泣きながら湊に訴える。

一方、夕妃の話を黙って聞いていた湊は、こぶしを口元に当てて考え込んでいたが、

「――夕妃」

優しく名前を呼んで、両腕を広げた。

「おいで」

「その手にはのらないんだからっ……」

「いいから」

いくら腹を立てても、当然夕妃は湊のことが大好きで、好きで、好きで、たまらなくて。おいでと言われれば、どこへでも飛んでいくくらい彼を愛している。

夕妃はうつむいたまま体当たりをするように湊に抱きついた。するとそのまま包み込まれるように体が抱きしめられた。そうするとどれだけ怒っていても、幸せな気持ちに包まれてしまう。

「ごめん……まさか夕妃がそんなふうに考えているとは思わなかった」

湊の低い声がぴったりと重なった体の奥から響いてきた。

「俺が君を抱かなかったのは、自分のことしか考えてなかったからで、君のせいなんてことはありえないよ」

「え……?」

「一度でも君を抱いたら、我慢できなくなる……。それでなくても君は初めてで……慣れてないのに、俺の重い愛情で押し潰されてしまうかもしれない。必死に勉強している姿を見ていたら、とてもそんなこと言えなくて、断られたらと思うと怖くて……。せめて少し余裕ができるまで我慢しようと思っていたんだ……」

湊の告白は真に迫っていて、夕妃の胸を打つ。

「本当に……?」

「ああ。本当だ」

「だったら……湊さんも、我慢なんかしないで……言いたいこと、言って……」

涙が、湊の着ていたルームウェアに吸い込まれていく。夕妃が抱きしめられたまま顔を上げると、湊が「うん」と降参したようにうなずいた。

「今晩から、俺に愛されてくれる?」

「今から、ずっとよ」

「ああもう……かわいすぎて、困るな」

湊は笑って、そのまま夕妃の体をお姫様抱っこした。


もう何度も同じ夜を過ごしたベッドルーム。けれど今日からは少し違う、夜の時間。

ベッドの上で、湊が夕妃の手を取り、ささやく。

「俺に触れて」

今まで湊にそんなことを言われたことはなかった。ずっと受け身だった。

(私から……触れるの?)

小さくうなずいて、導かれるまま、彼が着ている上質なコットンのルームウェアに、おそるおそる手のひらをのせる。抱きつくとかそんなことを抜きにすると、自分から湊に触れるなんて初めてのことだった。

(どうしよう……どうしたらいいんだろう……)

思わずまじめに考え込んでしまう。

「そんなおそるおそるじゃなくていいから」

湊がクスッと笑って、真剣な顔の夕妃の頬に手を置いた。そのまま吸い寄せられるように顔を近づけ、触れるだけのキスをする。

「……好きに触っていいの？」

「いいよ」

湊の黒い目がしっとりと輝いた。

湊がいいと言ってくれてホッとした夕妃は、深呼吸した後、ベッドの上に向かい合わせに座った湊の胸の上に手を滑らせる。

緩やかな曲線を描く逞しい体に、引き締まった腹筋、くっきりと浮き出た筋肉と骨。

(私と全然違う……直接触ってみたい……)

好奇心で、そのままカットソーの中に手を入れる。湊がかすかに息を漏らして、夕妃はハッとして顔を上げた。

「……嫌じゃないよ」

湊は首を振った。

「本当に？」

「夕妃に俺もしただろう。だから、大丈夫」

確かに昨晩湊に直接肌を触れられた時は、恐ろしく気持ちがよかった。美容院のシャンプーともボディマッサージとも違う、心地よさがあった。

湊の許可を得て、ゆっくりと彼の素肌の上に手のひらを滑らせる。カットソーを隔てた体よりも、より近く存在を感じられて、愛おしさが募る。

「脱がせてもいい？」

「いいよ」

また、湊が薄く笑ってうなずいた。

上を脱がせてしまったら、裸で抱き合うに至るまではあっという間だったような気がする。いや、実際は長い時間がかかっていたのかもしれないが、夕妃にとってそれはほんの一瞬だった。湊の手でゆっくりと脱がされるのももどかしいくらいだった。

まず夕妃に触れさせて、同じくらい時間をかけて夕妃に触れる。長い時間をかけて、夕妃から羞恥心を取り除いていく。

指や、唇や、言葉で、夕妃をとろけさせていく――。

「――痛い？」

「うん……少し……でも、嬉しい……」

これでようやくひとつになれたのだ。少しどころか結構な痛みを感じるが、それよりもずっと嬉しかった。

夕妃が照れたように笑うと、湊は顔を近づけて、ささやく。

「愛してるよ、夕妃……」

どこか熱に浮かされたような甘い言葉に、夕妃の心は震える。

「私も、愛してる……」

そして目の端から涙がこぼれ落ちた。

幸せすぎて、怖い。こんなことが自分の人生に起こっていいのかと戸惑ってしまう。

湊は夕妃の体をしっかりと抱きしめると、その涙を口づけで舐め取る。

「――これでもう夕妃は、一生俺のものだ。覚悟しなさい」

冗談ぽくはあるがどこか彼の本気が滲んでいるような気がした。

(私だって、一生湊さんを私のものだって思って生きていくんだから……)

夕妃は緩やかに動き始める湊の首に腕を回した。

上司と部下で、ジェラシーで

湊の支えになる。

それが結婚してからずっと、夕妃の願いだ。

(毎日お疲れ様……)

半年前の結婚した当初のことを懐かしく思いながら、自分の膝枕で眠る夫の髪を撫でた後、夕妃はまた編み棒に手を伸ばした。


それから数日後。ランチを終えて秘書室に戻ってきたところで、スマホに朝陽からメッセージが届いた。デスクにつきながら確認すると、キャットフードの感想を聞いたその返事だった。

【喜んで食べてるってさー】

【毛玉吐いてる?】

【そこまで聞いてない】

【ええーっ】

澄川はそのあたりを推していたはずだ。

【そこ知りたいんだけど】

夕妃は呆れながらスマホの画面を眺めたが、少し間が空いた。

するとそれからしばらくして【今日の夜ヒマ？】と脈絡のない返事がきた。

【空いてるよ。湊さん会食で遅くなるから】

【一緒にメシでも食おー】

【わかった】

【じゃあ迎えに行くから】

【了解】と返事をしてアプリを閉じる。


定時で仕事を終え、エレベーターで一階のエントランスに下りると、ロビーに朝陽が立っていた。寮生なので制服から私服に着替えてきたのだろう。スマホを眺めているデニムとベージュのPコート姿の朝陽は、背が高く明らかに目立つ。チラチラと社員が見て通り過ぎていくのが、離れていてもよくわかった。

（会社の外で待っててもらえばよかったな……いやでも外は寒いし……）

足早に朝陽に駆け寄った。

「朝陽くん、お待たせ」

朝陽はスマホをデニムの後ろポケットにねじ込み、夕妃に向かって手を出した。

「荷物、持つよ」

「ありがとう」

こういう時の朝陽に対して遠慮はない。夕妃は持っていたバッグを差し出して、朝陽と一緒にビルを出た。

「ご飯どこに行く？　やっぱり焼肉？」

「いや、今日は肉はいいや」

「へー、それはそれは珍しい……」

冷たい風が吹きつけてくるので、夕妃は朝陽に身を寄せるようにして近づいた。

「猫の餌あげた相手って先輩なんだけど、感想聞いたら、お礼したいからうちに来てくれって」

「うち……？」

朝陽がなにを言っているのかわからない。夕妃は首をかしげる。

「お店してるんだよ」

「お店って……えぇーっ！」

ようやく朝陽の言いたいことがわかって、夕妃は人混みの中立ち止まった。

「それって、今から猫の餌あげた、朝陽くんの先輩のお店に行くってこと？」

「そう言ってるじゃん」

朝陽が苦笑して、立ち止まり振り返った。

「ちょっとー、そういうことなら先にちゃんと言ってよ、あやうく手ぶらだよ！」

夕妃は憤慨しながら朝陽に持たせたバッグを持ち、周囲を見回した。

確か今来た道に、老舗の和菓子屋の店舗があったはずだ。

「別に手ぶらでいいって言ってたよ？」

「そうは言ってもキャットフードだってもらい物だし」

夕妃は朝陽にここで待つように告げて、Uターンして駆け出していた。そして老舗和菓子屋の羊羹《ようかん》を買い、素直に待っていた朝陽に、紙袋を押しつけるように渡す。

「これ、お渡ししてね」

「へーい……って、羊羹かよ」

紙袋を覗き込んで、うえーという顔をする朝陽を、夕妃はため息をつきながら見上げる。

「日持ちもするし横流しにも最適だから羊羹は便利なの」

「なるほどねぇ……」

朝陽はうなずいて、ようやく夕妃と並んで歩き始める。

「で、お店ってどこにあるの？」

「地図だとこの辺り。俺も行くのは初めてなんだよなー」

スマホを見ながら朝陽が辺りをきょろきょろと見回した後、

「あった。あそこ！　チェーロっていうんだ。洋食屋」

はしゃいだように声をあげる朝陽が指さした先を、目で追って息をのんだ。

（まさかの……チェーロ！）

そう、そこは夕妃が最近気に入っているお店だ。まさか朝陽の先輩の実家だとは思わなかったが、朝陽は「見つかってよかったー」と足取りも軽く歩いていく。

「あ、ちょっと待ってってばっ！」

慌てて弟の後を追いかけた。

「こんにちはー」

朝陽がドアを開けると、カランコロンとドアベルが鳴った。

「いらっしゃいませー」

奥から若い男性の声が聞こえる。

「あ、来た来た。朝陽、久しぶりだな」

どうやら彼が朝陽の〝先輩〟らしい。

「すみません、先輩。これお土産ッス」

「そんな気を使うなよ。でもありがとう」

「いやいや、姉ちゃんがうるさいんですよ。ヨーカンらしいです」

(うるさいって失礼な……)

夕妃は唇を尖らせながら眉を寄せる。

朝陽が入り口に立って話しているせいで完全に視界が塞がれている。朝陽の背中のコートを掴んで背伸びをしたが、当然見えるはずがなく、すぐに諦めた。

(挨拶はこの後でいいか……)

「カウンターでいいよな?」

そこで突然朝陽に振り返られて、

「わああっ……!」

背中を掴んだままの夕妃は、振り回された形でよろめいてしまった。

もちろん転ぶ前に、とっさに朝陽の腕が夕妃を掴んだため、ことなきを得たのだが、夕妃は恥ずかしさから、うつむいた顔を上げられなかった。

「だっ、大丈夫ですか……？」

夕妃が顔を上げると、心配そうに見下ろしてくる青年と目が合う。

「すみません、入り口で騒いでしまって。朝陽の姉の夕妃といいます」

（ああ、やっぱりこの子ここで見たことがある。感じがいい店員さんだって思ってたんだよね）

「ん？　どうしたんだ」

朝陽がふたりの顔を見比べ、不思議そうに首をかしげたので、素直に打ち明けた。

「実は私、二回ほど、ここに来たことがあるんだ」

すると青年も、「ああ、やっぱり」と笑顔になった。

「美味しそうに食べてくれてたので、覚えてますよ」

その言葉に食いしん坊を笑われたような気がして、夕妃は顔が赤くなった。

「へー、まぁ、会社に近いもんな。とりあえず席に座ろうぜ」

朝陽と並んで、カウンターに座った。それから注文を取り、キッチンの奥へと消えていく青年を見送りながら、世界は狭いなぁ……と夕妃は思う。

彼の名前は橋本洋平《はしもとようへい》。朝陽のひとつ上の先輩で、かつて寮長をしていた関係で今でも寮に顔を出すことがあり、朝陽と親しくなったという。そしてチェーロは洋平の叔父さん夫婦が経営していて、洋平は大学に通いながら、ここでアルバイトをしているのだとか。

「まさか顔見知りだったなんてな」

朝陽が冷たい水が入ったグラスを傾けながら、隣に座る夕妃を見下ろし、グラスで冷えた指で、夕妃の鼻をつまんだ。

「ほんと世界って狭いよね……って、つめたっ！」

いきなりのことにビクッと肩をすくめると、「本当に仲がいいんだな」と、洋平が笑いながらふたりの間に入ってフォークとナイフを並べ始める。

「面倒がかかる姉なので、俺がついつい口出しちゃうんですよ」

「ええーっ、それはひどいんじゃないのっ！」

逞しい朝陽の肩をバシッと叩いたが、びくともしない。それどころか、夕妃が日頃どれだけとぼけているか話し始める始末だ。

(もう……私のことネタにしてっ！)

腹も立つが、朝陽がケラケラと笑っているのを見るのは、悪くない。とにかく弟が幸せそうに笑うと夕妃は嬉しくなるのだ。

それから洋平のすすめで、魚介の煮込み、ボロネーゼ、豆のサラダやパンを食べる。

どれも美味しく、空腹だったので食が進む。少々だが、グラスワインも飲んだ。頬がアルコールで少し熱い。

ちぎったパンを頬張りながら、夕妃は当然のように湊のことを考えていた。

今頃会食中の湊だって、美味しいものを食べているに違いないのだが、仕事なのだから美味しさも半分だろう。

（こういうの湊さんにも食べさせてあげたいなぁ……。でもさすがにここは職場に近すぎてまずいよねぇ……）

しばらくして入り口のドアベルが鳴った。姉と弟の話に参加していた洋平が顔を上げてそちらに向かう。

「いらっしゃいませ。三人様ですか？」

「ええ、三人で——って、ああっ、三谷さんっ！」

大きな声に夕妃と朝陽も振り返った。

（ええっ……ええーっ！）

なんとそこには、澄川と、彼と仲のいい営業部の後輩、そして事務の女の子が立っていた。

（まさかここで会うとは思わなかった！　いや、職場から近いし、澄川さんとは一緒

にここに来たんだから、こういう状況になることもあったとは思うんだけど)

とりあえず同じ職場の人間だ。夕妃は朝陽に向かって小さな声でささやく。

「会社の人……当然、知らないから、あの、いろいろ……よろしく」

「りょーかい」

とりあえず夕妃は軽く立ち上がってペコッと頭を下げ、「お疲れ様です」と告げ、そのまままたカウンターに座った。

入り口に近いほうに朝陽が座っているので、こうやって座っていればもう彼らの目からは遮られるはず。それに朝陽は、本人が意識すればその体で十分人を近寄らせないオーラのようなものを発生させることができる。

(プライベート感は出せてる……よね?)

話しかけられるとあれこれとボロを出しそうなので、やむを得ないと思いつつも、夕妃はため息をついた。

それからしばらくして食事を終えたところで、

「ごめん、ちょっとトイレ」

と、朝陽がカウンターを立ち上がって、店の奥へと向かう。

(じゃあ今のうちに会計を済ませようかな)

夕妃もカウンターの奥にいる洋平に向かって手を挙げた。

「ごちそう様でした。お会計お願いします」

すると洋平がやってきて、「お礼ってことにすると朝陽に伝えていたんですが」とささやいた。やはり朝陽がここに来たのは、キャットフードのお礼に食事をということだったらしい。男の子らしいやり取りだと思うが、夕妃としては、それは困る。

「また気兼ねなく来たいので、普通に払わせてください」と微笑んだ。

「お土産までいただいたのにですか？」

明らかに困惑している洋平だが、夕妃も人伝てにもらったキャットフードで食事をごちそうしてもらうのは忍びない。仕方ないので、正直に打ち明けた。

「実はさっき声をかけてきたのが職場の同僚で、キャットフードをくれた人なんです。私、猫飼ってるってことになってて……それで」

「――いろいろあるんですね」

夕妃のもの言いたげな目を見て、洋平はうなずいた。

会計をしてもらっている間、夕妃は腕時計に目を落とした。すでに夜の八時を回っている。朝陽は外出届を出してきたのだろうが、九時までに帰らせるのが保護者の務めだろう。

（十分間に合いそうね……）

ホッとしたのも束の間、「み、三谷さんっ！」と頭上から大きな声で名前を呼ばれた。なにごとかと驚いて顔を上げると、夕妃の前に、顔を真っ赤にした澄川が緊張した様子で立っていた。

確か彼らは向こうのテーブルにいたはずだ。気になって見てみれば、案の定、テーブル席に残りのふたりがいて、なぜかニヤニヤしながらこちらを見ている。

「はい？」

なんだろうと思いながら首をかしげると、「い、い、今、一緒にいたのが彼氏なの⁉」と、大きな声で聞かれた。

「か……かれし？」

一瞬なにを言われたかまったくわからなかったが、ハッとした。どうやら澄川は、朝陽を彼氏だと勘違いしているらしい。

確かに多少顔立ちが似ているとはいっても、ふたりを見て姉と弟だと思う人はなかなかいない。だが朝陽は弟であって彼氏ではない。そして彼氏はいないが夫はいる。それは自分たちが勤めている会社の社長である神尾湊だ。

（どうしよう……）

「いや……あの」

夕妃はなんだか複雑な気持ちになる。酔っぱらっているらしい向こうのテーブル席の同僚が、「いいぞもっとやれー」とはやし立ててくる始末だ。

夕妃は困ったように視線をさまよわせた。

朝陽はまだトイレから戻らない。戻ってきたらきたでなんだか面倒なことにもなりそうだ。かわいい顔をしてはいるが、案外短気なところもあるし、澄川は明らかに酔っている。怪我でもさせたら双方にとって大変な事件になってしまう。

「三谷さん、どうして黙ってるんだ！　やっぱりあいつが彼氏⁉」

だがそんな夕妃を見て、澄川は一層焦れたように迫ってくる。ヒートアップする澄川に、店内の視線が集まってくるのを感じて夕妃は戸惑ってしまった。

（これって完全に営業妨害だよ〜！）

「あ、あの、澄川さん、ちょっと……ここではなんなので」

夕妃は慌てながら澄川の背中を押して店の外に出た。途端に冷たい風がピューッと吹いて、身が縮みそうになる。

（さ、さ、寒いっ……！）

店内ではニットのセーターだけでまったく問題なかったが、外は別だ。

夕妃は震えながら澄川を見上げる。とりあえず一緒にいるのは弟だと話し、こういうふうにプライバシーを探られるのは困ると言おう、そう思った。

「澄川さん、あの――」

「すっ、好きなんだ！」

夕妃の言葉を遮って、澄川が叫ぶ。

「――え？」

（好きってなにが？）

目を丸くする夕妃に向かって、澄川は顔を真っ赤にして唇をぎゅっと引き結ぶ。

その様子を呆然と見上げていると――あまり男女のことに勘が鋭いほうではない夕妃も、ようやく彼の言いたいことが理解できた。

（もしかして、澄川さんが私を好きってこと⁉）

まさに青天《せいてん》の霹靂《へきれき》としか言いようがない。澄川は職場の同僚で、同い年で、多少話すこともあったが、それだけだ。

こんなふうにいきなり好きだと言われる関係ではなかったはずだ。

（いや、でも、私が気づかなかっただけで、ひそかに好意を寄せてくれていたってこと……？）

夕妃は慌てながらも、とりあえず澄川を仰ぎ見る。すると澄川は夕妃にグッと体を近づけてきて、なんと手を握ってきた。

「お願いします、付き合ってくださいっ！」

「つっ……付き合えません……！」

やんわり断ろうと思っていたのに、勢いよく返事をしてしまった。

その瞬間、澄川は捨てられた犬のような悲しそうな表情になる。

「どうしても？」

「すみません、どうしても無理です……すみません」

夕妃は握られた手をそっと外しながら、頭を下げた。

「一緒にいたのは私の弟です。弟には見えないかもしれませんが、まだ高校生なんです」

「えっ、弟？　そうなんだ……なんだ、本当に弟さんがいたんだ……」

澄川がちょっと驚いたように呟く。

「さすがに早まったかな……」

自嘲する澄川だが、夕妃は申し訳なさで複雑な気持ちになった。

結婚していると大っぴらに言えたなら、澄川は告白すらしてこなかったし、そもそも恋愛対象にもしなかっただろう。もしくは、せめて恋人がいるという雰囲気で振るは、舞っていたのなら、違ったかもしれない。だがなにもかも〝たられば〟だ。結局今は、こんなふうにしか言えない自分がもどかしく、夕妃は顔を上げられない。結局今

「本当にごめんなさい……」

すると澄川は、はーっと息を吐いて、「いや、こちらこそごめんね」と、謝罪の言葉を口にした。どうやら夕妃の返事を聞いて、一気に酔いが冷めたらしい。

「そもそも三谷さんに恋人がいるとかいないとか、そういうのすら確認しないで焦っちゃってさ……。てかこんなんじゃ断られるに決まってるよね……。そもそもまったく手ごたえなかったし。いや、ほんとごめん……ごめんなさいっ」

そして澄川は、営業マンらしいビシッとした礼で、夕妃に頭を下げると、「また明日から普通に同僚として接してね」と、おどけたように笑ってチェーロの中に戻っていった。

（澄川さん……申し訳なかったな……）

「はぁ……」

深々とため息をついたところで、「大丈夫ですか」と、どこからともなく声がした。

入り口のドアは開いていない。周囲を見回すと、

「ここです、ここ」

ひょっこりと、路地裏から洋平が姿を現した。夕妃が目を丸くすると、「そこのドアがキッチンに繋がっているんですよ」と後ろを振り返った。

「もしかして見ていてくれたの？」

「じゃないと朝陽が心配して飛び出していきそうだったから」

おそらく澄川が酔っていたせいだ。苦笑する洋平に、夕妃も苦笑いをしつつ、うなずいた。

「すみません」

「いえ……朝陽、出てきますよ」

彼の言葉通り、それから間もなくして朝陽が夕妃の荷物を持ち、ドアから出てきた。

「さっきの人、俺にも謝ってきたよ。だから許してやることにした」

そして、すっかり冷え切ってしまった夕妃の背後に回って、コートを着せる。

「じゃあ先輩、また来ますね」

「ああ。また」

「ごちそう様でした。とても美味しかったです」

ちょっとした騒ぎはあったが、チェーロの食事は本当に美味しい。できればまた来たいと思うのは、事実だ。

朝陽と夕妃は、見送ってくれる洋平に手を振った後、大通りに向かって歩き出した。

スマホをぽちぽちする朝陽の横を歩きながら、夕妃はなんとなく、朝陽の腕に腕をかけていた。

「モテモテだな、姉ちゃん」

「たまたまだよ……」

澄川からの告白は、本当に飛び上がるくらい驚いたのだ。

「ちなみに、洋平さんに、姉ちゃんは彼氏いるのか聞かれた。会社には秘密にしてるけど、結婚してるって言ったよ」

「――ふぅん……えっ⁉」

あやうく聞き流しかけたが、それは要するに、自分に対して彼がちょっと好意を持ってくれたということなのだろうか。

「そ、そっか……もしかして人生に三回あるというモテ期かな？」

なんと返していいかわからず、アハハと笑ってしまった。

だって、そうなのだ。夕妃は、自分のことをどこにでもいる普通の二十四歳のＯＬと思っているし、実際、世間の認識と自分の認識はそう遠くない。特別美人だとか、仕事ができるとか、そういうタイプではない。

「まぁ、俺は弟だから贔屓目《ひいき》で見てるところあるけど、さっきの人だって、たぶん姉ちゃんの見た目とかじゃなくて、いいなって思ってくれることがあったんだと思う。そしてそれは姉ちゃんからしたら、本当にちょっとしたことで……そんなこと？って思うような些細な出来事だったりするんじゃないの。まぁ、とにかく見た目で好きになったとかじゃないいんだよ」

「朝陽くん……」

高校生のくせして、妙に女性観が達観しているのは実母のせいなのかもしれない。

夕妃は弟の冷めた眼差しの先にいる母親のことを考えながら、おどけたように首をすくめた。

「嬉しいけどさ、でも見た目じゃないって二度言わなくてもよくない？」

「ワハハ」

「笑わないでよっ！」

夕妃も笑いながら、わざとらしく笑う朝陽の腕をもう一方の手で叩きながら、湊のことを思った。

（ちょっとしたこと……そんなことって思うような、些細な出来事、かぁ……）

確かにそうかもしれない。

自分だって、湊の車の前に飛び出してからいろんなことがあった。甘い言葉も優しいキスも全部嬉しかったけれど、結局、湊の些細な行為や言葉で彼を意識し、彼のことを好きになったのだ。

(だけど、きっと湊さんは覚えてないんだろうなぁ……。今度話してみようかな)

朝陽を見送ってから、夕妃もタクシーに乗ってマンションに帰る。

ほんの少しだけ酔いが体に残っていた。気分よくエレベーターに乗り込み、部屋に戻ると、スーツの上着だけを脱いだ湊がリビングのソファでグラスを傾けながらスマホを眺めていた。

「お帰り、夕妃」

「湊さん、ただいま。あのね、朝陽くん元気そうでよかったよ～」

持っていたバッグを湊の座るソファの端に置いて、お茶を淹れるためにキッチンへと向かおうとしたその瞬間、

「夕妃」

手首を捕まれ、グイッと引っ張られた。

「きゃあっ⁉」

不意打ちに驚いて悲鳴をあげたが、体はそのまま背中からソファに座る湊の腕の中にスッポリとおさまってしまった。

「どうしたの？」

仰向けになった夕妃は、湊に抱かれたまま目を丸くして湊を見上げる。

「どうしたのって……俺に言うべきことはない？」

湊は乱れて頬にかかった夕妃の髪をそっと指で払いながら問いかける。

「言うべきこと？」

不思議に思いつつ、夕妃は首をかしげた。

（なにかあったかな。ただいまって言ったし。朝陽くんとご飯を食べに行くっていうのは伝えていたし……。湊さんは当然いいよーって言ってくれたし……）

本当に思いつかない。

すると湊はクスッと笑って、夕妃の前にスマホの画面を見せる。それはメッセージの画面だった。のっけから強烈な言葉が目に入る。

【ねえちゃん職場の男に告られてた】

「ええっ！」

「これ、本当?」

そう言う湊は相変わらず笑顔だ。いつものように、穏やかに笑っている。だがその目の奥の光は、尋常でないくらい冷えている。

「ほ、ほ、本当っていうか」

本当と言われれば本当だが、恐ろしさにすぐにイエスと言えない夕妃は、しどろもどろになりながら、思わず視線を逸らしていた。

「どうして目を逸らすの」

「どうしてって……」

(湊さんの目、なんだかすごく怖いんですけど……! っていうか朝陽、朝陽、あの子ったらなんてことを……!)

確かに告白されはしたが、澄川もすぐに身を引いたし、そんなに問題はないと思うのだが――。

「夕妃。俺を見なさい」

「は……はい……」

低い声で名前を呼ばれて、夕妃がおそるおそる見上げると、湊はかけていた眼鏡を外し、ローテーブルの上に放り投げた。カツンと音がして、眼鏡がガラスのテーブルの上を滑る。

（お、お、怒ってる！）

湊が怒りをあらわにすることはそうない。というか夕妃の記憶ではほぼ皆無に等しい。けれど明らかに今、目の前にいる湊は怒っているし、不愉快そうだ。澄川に告白されたことを黙っていたからだということがようやくわかった。

（で、でも、『今日、職場の人に告白されたんだ――』って普通言わないよね？　だけど――この態度を見る限り、湊さんは言ってほしかったのかな……）

夫にはできる限り誠実でありたい。対等で、支えあう立場でいたい。

常々そう思っている夕妃は、ごくりと息をのみ、口を開いた。

「あの……すみません……確かに、澄川さんに告白されました……。あと、朝陽くんの先輩が、朝陽くんを通じて私がフリーかどうか聞いてきたみたいです……」

こんなおかしな報告があるだろうかと思いつつ、夕妃はまじめな顔をして、湊をじっと見上げた。夕妃の言葉を聞いて、湊は短く、はあっとため息をつく。

「嫉妬して死にそうだ」

「え？」

「誰も俺の夕妃を好きになってほしくない。誰も特別に思わないでほしい。夕妃のよさは俺だけが知っていればいい。俺だけの夕妃でいてほしい……。バカな考えだとわかっているが、たまにそう叫びたくなる」

そして湊は、そのまま覆いかぶさるように夕妃を抱きしめた。しばらく無言で、湊は夕妃を抱いていた。まるでここにいると、存在を確かめるみたいに。

「すまない……つまらないことを言った」

耳元で湊がため息交じりに自嘲する声が切ない。

夕妃は両腕を伸ばし、そのまま湊の背中を抱いて、もう一方の手で形のいい後頭部を撫でた。

いつも他人の前では完璧であろうとする湊は、実際周囲からは完璧にできる男だと思われている。期待され、そのために陰で努力して、また期待され、人々から背負わされる荷物はどんどん大きくなる。

下ろせない荷物を背負って前に進む。それはどれだけ大変なことなのだろう。

だから――彼は、夕妃が告白されたと聞いて、ふいに夕妃がどこかへ行ってしまうかもしれないと不安を覚えたのかもしれない。

（離れたりなんか、しないのに……）

夕妃はささやいた。

「大丈夫。ずっとそばにいる」

夕妃の言葉を聞いて、湊がかすかに息をのむのが伝わってきた。それから無言のまま、抱きしめる腕に力がこもる。肩のあたりに湊の額が押しつけられる。

子供のような仕草に、夕妃は湊がまた愛おしくなった。

「湊さん、一緒にお風呂に入ろう。いつも洗ってもらってばかりだから。私が湊さんの髪も体も洗ってあげる。お風呂上がりにはマッサージもサービスしちゃう」

「ふふっ……盛りだくさんだな。俺の奥さんは本当に甘やかし上手だ」

そこでようやく、湊が顔を上げる。かすかに熱っぽく潤んだ瞳がとてもきれいで、胸が締めつけられる。

「そうだよ、湊さんは私にうんと甘やかされていいんだよ」

夕妃は吸い寄せられるように彼に顔を近づけ、キスをせずにはいられなかった。


サービスすると言ったのに、結局夕妃もいつものように湊に髪を洗ってもらった。だがそれは湊も楽しそうだったのでよしとした。

風呂上がりにお茶を飲んだ後、ベッドの上にタオルケットを敷いて湊の広い背中をマッサージする。夕妃のマッサージ技術は朝陽で鍛えられていたので、なかなかうまいのだ。

「旦那、あんたかなり凝ってるねぇ……？」

「なんだそのキャラ設定」

湊が夕妃の声色にふふっと笑う。

「あっしはこの道二十年の……流しのマッサージ師でさぁ……」

「流しなのか……ちょっと不安だな」

「おっと、あっしの腕は万年池の亀ですら甲羅を脱いじまうって評判でねぇ……旦那も、あっしに身を任せれば、極楽浄土へまっしぐらでさぁ……」

夕妃も適当なことを口にしただけなのだが、だんだん楽しくなってきた。

「バカバカしいことこの上ないな……」と言いつつも、湊がクックッと肩を震わせ笑うのをいいことに、マッサージをしながら適当な昔話をし始める。そして流しのマッサージ師のユウが、村を襲う八つの首を持つ恐ろしい蛇をマッサージで眠らせたという物語が佳境に入ったところで、湊がすうすうと眠っているのに気がついた。

「……ここからがおもしろいところなのに」

夕妃は湊の背中を撫でると、上から毛布をかけて、自分も隣に横たわる。

「最近、湊さんが先に眠るのを見てばかりだなぁ……」

ここらへんで少し、リフレッシュが必要なのではないだろうか。

夕妃はむくっと起き上がると、ベッドサイドのテーブルに置いていたスマホを引き寄せてメッセージを送ることにした。

相手は日本有数の化粧品会社であるエール化粧品の御曹司で、湊のかつての上司であり、そして親友であり幼馴染でもある、不二基、その人である。

【湊さんのことでご相談したいことがあります。お時間ある時に聞いていただけませんか？】

そうメッセージを送ると、すぐに電話がかかってきた。

「わ、わ、わ……っ」

ここで湊に聞かれては元も子もない。夕妃は慌ててベッドから下りてリビングへと向かう。

「はいっ、夕妃ですっ」

すると電話の向こうから、焦ったような声が聞こえてきた。

《おい、どうした。まさかとは思うが湊が浮気でもしたのか？》

「えっ！」

《湊が浮気なんぞするはずがないが、もしそれをあえてやったというのなら、それはおそらく湊が必要だと判断したことだ。そう、たとえば今すぐこの場で浮気をしなければ両親や夕妃を殺すと言われたとか――。だから夕妃、早まるな、俺が間に入ってやるから、湊と別れたりしないでやってくれ》

「もっ、基さん、ちょっと待ってくださいっ……！」

なぜか湊が浮気をした前提で話が進んでいた。夕妃は慌てて基の発言を遮る。

《なんだ、どうしても別れたいのか？》

憮然とした基の顔が目に浮かぶ。

不二基という人はとんでもない美男子であり、その振る舞いも堂々としていて、さながら生まれながらの王様のような男なのである。夕妃も初めて会った時は、なぜかひれ伏したい気分になった。

(もう、基さん変な勘違いしてるよ……っていうか私の説明が悪かったんだろうけど)

夕妃は「浮気じゃないですから」とため息をついた。

《なんだ、違うのか。お前からわざわざ相談というから、きっとそうだと思ったんだ。悪かったな》

そして電話の向こうで、《あの湊が浮気はないな、やっぱり。アハハ！》と朗らかな笑い声がした。

「笑いごとじゃないですよ……」

　だが天真爛漫な御曹司に文句を言っても仕方ない。

　夕妃はソファの上に座り直して口を開く。

「湊さん、最近疲れてるみたいなんです。どうやったらリフレッシュできるかなって考えて、基さんとふたりでおしゃべりとかしたら、元気になるかなって」

《俺と湊でおしゃべり……？　いや、どう考えても誰も得しないだろ》

「そうですか？」

　名案だと思ったのだが、なぜか基の反応は鈍かった。

《なにが楽しくて、三十過ぎた男同士でふたりきりにならなきゃいけないんだ。端から見てつらすぎるし俺だって嫌だ》

（一般女子からしたら、目の保養だと思いますけど……）

　そう思ったが、基の言うことも一理あるかもしれない。

「でも……なにかあったら教えてください。お願いします」

　こっちは真剣なのだ。思わず詰め寄るような口調になってしまったが、

《わかったわかった。考えておく》

　基は苦笑し、《そろそろ俺の奥様を寝かしつける時間だ》と言って夕妃を笑わせたが、

夕妃はなんだか微笑ましい気分にも、申し訳ない気分にもなった。

「あの……急にこんなことで連絡してすみませんでした」

《いや。お前は湊の大事な女性だ。だったら俺にとっても家族みたいなものだ。だから遠慮はいらない》

はっきりとした口調で基はそう言い放つと、今度は少し柔らかいトーンで言葉を続ける。

《湊はあまりにもできすぎるから、みんなあいつをロボットかなにかだと勘違いするんだ。まぁ、俺も昔からずっと頼りっぱなしだったし……その点は反省してる。だから湊にとっては、間違いなく俺よりも、お前がそばにいるほうがずっと力になると、俺は思ってるよ》

「基さん……ありがとうございます」

《いや、湊のことよろしく頼む》

「――はい」

夕妃は丁寧にお礼を言って、それから電話を切った。

「私のほうが力になれるなんて……そうかなぁ……だったらいいんだけど」

夫の二十年来の親友からの励ましに、夕妃はじんと胸を熱くする。

湊を元気づけるためにどうしたらいいのか、誰にも正解はわからない。だったら自分は湊のそばにいて、自分がやれることをやるしかない。

「よし、明日も頑張ろうっ……！」

夕妃はソファから飛び降りて自分の頬をぱちぱち叩くと、湊が眠る寝室へと向かい、そっとベッドに潜り込んで、目を閉じた。

上司と部下で、最愛の人

（基さんのおかげで、少し気持ちの整理がついたかもしれない）

夕妃は昨晩の基との電話のことを考えながら、秘書室でお礼状の最後の一枚を書き終えていた。

元婚約者から逃げ、湊に拾われ、彼と結婚して早半年。気がつけば秘書の仕事もそれなりに、とりあえず湊が求めるレベルに追いつこうと日々頑張っている。

（しかも湊さん、私を秘書にしたら私情を挟むかもなんて言っていたのに、まったくそんなことないし。むしろ徹底して厳しいし……鬼みたいだし……いや、そんな湊さんも素敵だけど）

でき上がったお礼状に封をして夕妃は手元の時計を見た。ちょうど終業時間の三十分前だ。

「恭子さん、私これ本局に行って出してきちゃいますね」

郵便局の本局はエールマーケティングから歩いて十分もかからない。

夕妃はお礼状をまとめて会社の封筒に入れ、椅子から立ち上がると、手袋をつけコートを羽織り、ミニバッグを持って秘書室を出た。

「ではよろしくお願いします」

窓口の職員に郵便物を渡し、郵便局を出る。

このすぐ近くに、以前チェーロに持って行った老舗和菓子屋がある。

(夜のおやつがもうなくなってたけど……なにか買っておこうかな)

湊も甘いものは嫌いではないし、羊羹は日持ちもするので、買っておいて悪いということはないだろう。

痩せたほうがいいかなと思いつつも、結局甘いものをやめられない。

(食べるのを我慢するよりも、運動かな……ジムにでも通うべきか……。そういえば湊さんは、今日も夜は会食で夜遅いんだっけ……)

そんなことをあれこれ考えながら、和菓子屋に入り、食べきりサイズの羊羹をいくつか買って店を出る。軒下で、手袋をはめようと立ち止まったところで、突然、

「すみません」

ひとりの男性が道を塞ぐように夕妃の前に立ちはだかった。

声をかけてきた男を見て、「あっ！」と声をあげた。

「こんにちは」

華やかな容姿にビシッときまったスーツ姿。今日も手にコーヒーチェーン店のカップを持っている。一度目は空港で出会い、二度目はカフェで話しかけられた。

(確か名前は……)

もらった名刺を思い出す。

「門脇《かどわき》さん」

そう、確か門脇亨佑《りょうすけ》という名前だった。

「三谷と申します」

ここまで偶然が重なったら、さすがに名乗らないわけにもいかないだろう。

夕妃はペコッと頭を下げた。

「そういえば秘書のお仕事をされていましたね。とすると、今は仕事中?」

夕妃が持っている空の封筒を見て、門脇は目を細める。

「エールマーケティングですか」

「あ……はい。そうです」

封筒には社名が入っている。それでわかったのだろう。

(やっぱり目端の利く人だな……)

「三回目があればお食事でもと言いましたが、どうですか?」

軽やかに誘われて、夕妃は驚いたが、さすがにオーケーすることはできない。

「アハハ……そうでしたね。ですが男性とふたりで食事はできません。ごめんなさい、失礼します」

苦笑いしながら、会釈して門脇の隣を通り抜けようとしたのだが——突然、後ろから引っ張られて、大きくよろめいてしまった。なんと門脇が、左手ですれ違いざまに夕妃の腕を掴んでいたのだ。

「なっ……」

夕妃は驚いて、腕を掴まれたまま振り返る。さすがに不躾ではないかと、口を開きかけたが、

「それって——結婚しているからですか?」

門脇が顔を寄せ、ささやいた。

「え……?」

(なぜ、私が結婚してると……)

指輪もしていないのに、なぜ結婚しているとわかったのだろう。

「自分だけ幸せになって、いいんですか」

門脇はどこか挑戦的な目をしていた。

「あなた、なにを……」

なにを言われているのか、わけがわからない。けれど確実にこの状況がよくないということは、本能でわかる。

「私、あなたたちの結婚式にいたんですが、覚えてらっしゃらないみたいですね」

「えっ！」

門脇の発言は、頭からバケツ一杯の冷水をいきなり浴びせられたような衝撃を、夕妃に与えた。

湊とは、まだ結婚式をしていない。なのにこの男は、『あなたたちの結婚式にいた』と言う。それはつまり、夕妃と桜庭麻尋の結婚式にいたということだ。

（う……嘘っ……！）

足がガタガタと震え始める。

（待って……待って……門脇さんが、あの、結婚式にいた……？）

「い、いつからっ……」

いつから自分が逃げた花嫁だとわかっていたのか。そんなつもりで尋ねたが、

「最初からですよ」

門脇の言葉に背筋がゾッとした。

(急に決まった出張のはずなのに、わかって近づいてきた……？　見張っていたということだろうか。だとしたら、どうやって、なんのために?)

血の気が引いて寒いくらいなのに全身から汗が噴き出す。恐怖のあまり、夕妃は今にも倒れそうだった。だが門脇は冷静だった。

「あなたに危害をくわえるつもりは微塵《みじん》もありません。少しお話しできませんか。そこで、いいですから」

そして通りの向こうにあるコーヒーショップを指さした。

「お話……？」

夕妃はほんの少しだけ冷静になって、顔を上げる。

『自分だけ幸せになって、いいんですか』

門脇の言葉が頭の中で響く。

これが車に押し込もうとかそういう事態だったら、夕妃も強く拒んでいたはずだ。

けれど人目のある場所であれば少しくらい話をしてもいいかもしれない。

やはり関係ないと、この場から走って逃げる気にはなれなかった。

夕妃は腕を引いて門脇を見上げる。動悸はおさまっていた。

「――わかりました」

夕妃は小さくうなずいた。

急いで秘書室に戻ると、すでに定時を回っていた。ＰＣの電源を落として荷物をまとめる。

「恭子さん、お疲れ様です」

「お疲れ様～。また明日ね～」

ひらひらと手を振る恭子に会釈して、夕妃は固い表情のまま、門脇が待つコーヒーショップへと向かった。

コーヒーショップはそれなりの客で賑わっていた。ブレンドを買い、それから周囲を見回すと、門脇がひとりで、喫煙コーナーで煙草を吸いながら待っていた。

「お待たせしました」

小さなふたり用の丸テーブルで、のんびりとした様子で椅子に座っている門脇の前に腰を下ろす。

「いえ。よかった、来てくれて」

門脇はふっと笑って、煙草を灰皿に押しつけて火を消した。

「今さらですが、私の名刺は偽物です」

「は？」

いきなりの告白に夕妃は目を丸くした。

「本職は、あなたの元婚約者の会社が複数抱えている、調査会社のひとつです。まぁ、簡単に言えば、桜庭さんに雇われた、なんでも屋のようなものでして」

「じゃあお名前も門脇さんではなくて……？」

「とりあえず門脇でいいですよ。ちなみに結婚式では、出席者ではなく、現場の雑務などしておりました。なんでも屋ですからね。そして、あなたを担いで逃げた弟さんを止めようとして、振り切られて、かなりどやされましたが」

門脇は笑って長い脚を組んだ。外資系サラリーマンが嘘だと言われても、そういったなりはとても決まっている。

そこでふと、二度目にカフェで彼に会った時、朝陽が怪訝そうな顔をしていたことを思い出した。結婚式で見覚えがあったのかもしれない。

「だいたい二カ月くらい前からでしょうか。桜庭さんからあなたのスケジュールを渡されていて、毎日見張って、折を見て近づけと言われていました」

「出張にも……？」

スケジュールを渡されていたという言葉に、胸の奥がヒヤッとする。

自分では気づかないうちに、見張られていたというのはやはり恐怖だった。

「エールマーケティングレベルになると、社長のだいたいの予定というのは、わかるものなんですよ。横の繋がりがあるでしょう。だから京都の御大に呼ばれた時もね、真夜中に連絡があって……早起きが苦手だったから困りましたけど」

門脇はアハハと笑いながら、首のネクタイを引っ張って緩めた後、煙草を取り出してくわえた。

「桜庭さんは、今どうしているんですか」

「あの後、中国《ちゅうごく》に赴任したんですよ。まぁ、結婚式自体うちうちだったので、本社内でもそう問題にはなりませんでしたし……」

門脇は、新しい煙草をゆっくりとふかす。

「婚約破棄の慰謝料や、その他もろもろ、双方の弁護士でさっさと話はつきました。桜庭さんのご両親や一族にしても、新郎側に、余計な腹を探られたくはないって事案が、過去に相当数あったわけで、なかったことにしてしまうのが一番傷が浅いということになったんでしょう」

「では……桜庭さんはなぜ私を見張るんですか」

「会いたいそうです」

「会いたい……？　私を引きずってでも中国に連れていくつもりですか」

「いやいや、さすがにそれは犯罪でしょう。まぁ、私の身分については嘘をつきましたから信じてとも言いづらいのですが……そこは申し訳ない」

門脇は笑って、吸っていた煙草の火を灰皿に落とす。

「彼、日本に帰ってきてるんですよ。明後日にはまた中国に戻るんですけどね」

（私が逃げた後、桜庭さんは中国に行った。そして今、日本にいる……）

そもそも桜庭がどこでなにをしているかなんて、誰も夕妃の耳に入れなかった。夕妃もわざわざ聞こうとしなかった。自分では克服したつもりでも、思い出すのが怖かったというのもある。けれど確かに、桜庭のことは心のどこかで引っかかっていたのだ。

「わかりました。会います」

「……本当に？」

夕妃がうなずいたのを見て、驚いたように門脇が目を丸くする。まさか夕妃がオーケーするとは思っていなかったような態度だ。

「はい。桜庭さんに直接会って、お話しします。明日ですよね。ただ、まず今日のこと、夫にも……相談しますから」

「もちろんです」

門脇はビジネスバッグからペンを取り出して、テーブルの上のペーパーナプキンに携帯番号を書きつける。

「決心がつき次第、ご連絡ください」


その日、湊が帰ってきたのは、日付が変わったずっと後だった。ソファでうとうとしていた夕妃は、湊にお姫様抱っこでベッドへ運ばれる途中で、ハッと目を覚ました。

「あ……」

夕妃をベッドに横たえて、湊はネクタイを緩めながら、「ただいま、俺のかわいい夕妃ちゃん」と、上機嫌に微笑み、ベッドの縁に腰を下ろす。そして体を近づけて夕妃の頬にキスをする。

(夕妃ちゃん、だって……。珍しい……っていうか、かわいいかも)

軽くアルコールの香りがする。声の調子も少し弾んでいる。

先日のエキスポから仕事が忙しくなっていたので心配していたが、今日の会合はそれなりに実りがあったのかもしれない。

(この様子なら話せるかな……)

夕妃は若干緊張しつつ、ベッドの上に正座した。

「湊さん、話があるんだけど」

「んー？　なにかおねだりかな」

「おねだりではなくて……今日ね、桜庭さんに頼まれた調査会社の人に、話しかけられた」

「――は？　どういうこと」

その瞬間、機嫌よく夕妃を見つめ、髪を撫でていた湊の表情が一変した。

その射貫くような瞳に自然と背筋が伸びた。

「き、聞いて！　本人が来たわけじゃないの。代理っていうか、桜庭の……調査会社の人で……その、桜庭さん、中国から、帰ってきてるんだって。それで、私に会いたいって言ってるって」

「まさかと思うけど、夕妃、会うつもりなの」

「そのつもりでいる……だから湊さんに話さなきゃって思って」

「それ本気で言ってる？」

湊の眼差しがさらにきつくなった。

湊は普段とても温厚で、穏やかで、紳士だ。だから湊を怒らせるようなことを言っている自分が明らかに悪い——とわかっているのだが、引けなかった。

「ほっ、本気だよ。こんなこと冗談じゃ言えないよ」

「はっ……意味がわからないな」

湊はベッドから立ち上がって、大きく首を振った。

「いいか。あいつは君を精神的にも肉体的にも追いつめた。腹の底から女性を痛めるのが大好きな、最低最悪な男だ。会えばなにをされるかわからないんだぞ」

確かに自分は桜庭にいいように扱われて、玩具《おもちゃ》になる寸前だった。逃げなければ今頃、どうにかなっていただろう。そのことは疑ってはいない。

「それは、わかってる。だからふたりきりでは会わないよ、閑くんの事務所とかで、閑くんの立ち合いで会えたらって——」

「わかってない！」

「っ……！」

湊の大声に、夕妃は雷に打たれたように震えた。

「ああいう男は、たったひと言で、人を簡単に叩きのめすことができるんだ！　生きている人間に呪いをかけて、苦しめることができるんだ！　閑がそこにいたところで、取り返しのつかないことになったらどうするんだ！」

確かに門脇に声をかけられ、桜庭の話をほのめかされただけで夕妃は卒倒しそうになった。湊の言う通り、桜庭に会って傷つけられないか、と問われれば自信はない。だが今回はいきなり会うわけじゃない。自分が会うと決めて、会うのだ。心の準備ができるはずだ。

「それはそうだけどっ……でもっ……」

「でもじゃない！」

湊は、自身のきれいに整えられていた髪をぐしゃぐしゃとかき回す。

「それで夕妃だって、声が出なくなったじゃないか！　もう忘れたのかっ⁉」

「忘れてなんか――」

忘れてなんかいない。いるはずがない。夕妃は胸を詰まらせながら、首を振る。

「どうして今さらあの男に会いたいなんて言うんだ⁉」

「だからそれはっ……」

「傷つけられることがわかって、それでも会いたいのか！」

「みなとさ……」

矢継ぎ早に言い放つ湊に、夕妃は言い返せない。もともとそれほど弁が立つわけではない。しかも湊の言うことは、正しいのだから。

（でも……でも……それでも私……）

胸がぎゅうぎゅうと締めつけられる。

（私は桜庭さんを愛してもいないのに、お金目当てで結婚しようとした。そしてあろうことか、結婚式当日に逃げた。桜庭さんに、相当な損害を与えてしまった……）

なのに逃げた自分は、湊や朝陽、閑に支えてもらい、なんとか遠回りしながらも回復して、幸せな生活を送っているのだ。だからこそ、『自分だけ幸せになって、いいんですか』という門脇の言葉が頭から離れない。

突然ではあるが桜庭と向き合う機会が訪れようとしている。大人として責任を取る時が来たのだと、そのことをなんとか湊にわかってもらいたかった。

「私、どうしても、あの人に会わないといけないって、思うのっ……私っ……！」

心を絞り出すように、必死に〝会わなければいけない〟と言う夕妃を見て、湊は感情をいよいよ抑えきれなくなったのか、眉を吊り上げる。

「ああ、そうか。そんなに会いたいのか、俺の気持ちなんかどうでもいいってことか！恩を仇で返すとはまさにこういうことなんじゃないか!?」

その言葉に、夕妃はガツンと頭を殴られたような気がした。

（湊さん、どうして……）

呆然と顔を上げると、しまったという表情の湊と目が合った。

ここで泣くのはダメだとわかっているが、止められなかった。あっという間に視界が滲んで湊が見えなくなる。

「夕妃っ……」

湊が慌てたように手を伸ばしてきたが、肩に触れたその手を振り払った。手の甲で頬を伝う涙を拭いながら、ベッドから下りる。

〝恩を仇で返す〟

（違う……違う！）

そんなこと、湊は一度だって思ったはずがない。そんなことを考えるような男ではない。けれど彼を苛立たせ、心にもないことを言わせたのは自分だ。

「ごめんなさい……」

誰よりも優しい湊に、こんなことを言わせてしまった。

夕妃の胸の内に激しい自己嫌悪が渦巻く。

「違う、謝るのは俺だ、俺が悪かった……夕妃！」

寝室から出ていこうとする夕妃を慌てて追いかけて、湊はぽたぽたと涙をこぼす夕妃の前に回り込んだ。だが夕妃はその湊の胸を押し返して、寝室を出る。

きっとこのまま話をしても平行線でしかない。自分の決めたことは湊を苛立たせるし、傷つけてしまう。こんなことで、大事な人を傷つけるなんて本末転倒だ。

夕妃は自分の部屋に入って、ボストンバッグに着替えを詰め込み、着ていたルームウェアの上にロングコートを羽織った。

部屋を出ると同時に、廊下に立っていた湊が駆け寄ってくる。

「待ってくれ、夕妃、さっきのは本当に俺が悪かった、ひどいことを言った、最低だった。本当に、俺ってやつは……」

湊は打ちひしがれたように片手で額を覆い、首を振る。

「俺の顔を見たくないなら、俺が出ていくよ。夕妃が出ていく必要なんてない」

「違うの……私もちょっと頭を冷やしたいから……湊さんが悪いんじゃない。湊さんは全然悪くない……。ごめんなさい……明日はホテルから仕事に行くから」

夕妃はうつむいたままそう早口で言うと、玄関へと向かった。

マンションのエレベーターを降りながらスマホでタクシーを呼ぶ。それから、会社からほど近いビジネスホテルを探し、空いているところを予約した。

ふたりの住むマンションにはコンシェルジュもいて、タクシーを呼んだり、ホテルをとってくれたりなど、二十四時間対応しているのだが、なじみの彼らに泣いた顔を見られるのも気まずかった。

やってきたタクシーに体を滑り込ませて、ホテルの名前を告げる。シートに背中を押しつけると、どっと疲れが押し寄せてきた。

（どうして、うまく伝えられないんだろう……）


「おはようございますー……」

翌朝、腫れた目をなんとか冷やして出勤すると、恭子が椅子から跳ねるように立ち上がった。

「ちょっ、夕妃ちゃん、メール見なかったっ⁉」

「メール？　すみません、朝イチはチェックしましたけど……」

バッグからスマホを取り出すと、恭子から確かにメールと着信が残っていた。

「なにかあったんですか？」

時計を見ると、まだ八時過ぎである。業務上の問題があったとは思えない。

すると恭子はひどく興奮した様子で、コートを脱ぐ夕妃のもとに駆け寄った。

「エール化粧品の、専務が来てるっ！」

「エール化粧品の専務……って、もっ……不二、さんっ⁉」

危うく〝基さん〟と叫ぶところだったのを必死で抑え込む。

「な、な、なんでっ？　あっ、社長は、社長は、もう来てます？」

こちらから本社に行くことはあっても、本社から取締役が来ることは少ない。

衝撃のあまりいろいろ吹っ飛んでしまった夕妃は、若干慌てながら恭子に問いかける。

「いや、それがね、そもそもおふたりで一緒に来たんだけど、社長は本社で緊急ミーティングだとかなんとかで……呼び出されて急いで出ていったの。で、なぜか専務だけがここに残ってるのよ。ミーティング行かないのかなって思うんだけど……」

「はぁ……」

確かにおかしい。本社で会議があるはずなら、専務も同席して当然なのだから。

「というわけで、夕妃ちゃん、お茶出してきて。私は無理」

急に、恭子は我儘な子供のようにぷいっと顔を横に向ける。

「無理ってなんですか、無理って……」

すると恭子はウフフと照れたように笑って、そのまま乙女のようにうつむいた。

「だってね～なんていうか、専務の前って、緊張するの。ものすご～くドキドキしちゃって、お茶をひっくり返しでもしたら大変でしょ？　人妻なのに、いけないわよね、オホホ～」

そしてわざとらしく手の甲を口元に当てて高笑いする。

(私だって一応人妻なんですけどー！　そして基さんは緊張するんですけどー！)

と思ったが、仕方ない。

「わかりました」

夕妃はしっかりとうなずいて、深呼吸すると給湯室へと向かった。


「失礼します……」

お茶の入った盆を片手にドアを開けると、いつもは神尾が座っているはずの社長室の椅子に、足を組んで座る基の姿があった。

濃いブルーの三つ揃えのスーツに臙脂《えんじ》色のネクタイ。ピカピカに磨かれた茶色の靴が外からの光を反射して眩しい。緩く波打つ髪に灰色がかった瞳を持つ完璧な美貌。

彼こそが、日本有数の化粧品会社、エール化粧品の御曹司であり、専務取締役の不二基である。

「おはよう」

基が社長室の入り口に立ち尽くしている夕妃を見て、優雅に微笑む。

「お、おはようございますっ……！」

夕妃は緊張しながら彼の座るデスクに向かい、「どうぞ」とお茶を置いた。

「ありがとう。わざわざすまないね」

基は紳士的な態度で茶碗を持ち上げ、優雅にお茶に口をつけた。

お茶ひとつを運ぶのにものすごく緊張してしまったが、この不二基という男は、物腰は優雅でも、なぜか他人に緊張を強いるような圧倒的オーラがあるのだ。

（生まれながらの王様って感じだもんね……）

夕妃は、そんなことを思いながら、「では失礼します」と頭を下げ、退出しようとしたのだが――。

「待て」

「はっ、はい！」

まるで犬が飼い主に〝待て〟と言われたかのように、夕妃はその場に、お盆を抱えてピンと背筋を伸ばして立つ。すると基はそんな様子の夕妃を見て苦笑し、ちょいちょい、と指で手招きした。

「そう、構えるな。今日は専務としてじゃない、神尾湊の親友として来たんだ」

そして基は椅子を立つと、社長室の応接セットのソファに腰を下ろした。

「まぁ、座れよ」

「……はい」

本社の専務ではなく、親友の立場からと言われれば仕方ない。緊張しながら、ローテーブルを挟んで、夕妃も腰を下ろした。

（なにを言われるんだろう……昨日のことだよね……）

元婚約者に会いたいと夫に話すなんて、どう考えても自分に非がある。湊に言わないでいいことまで言わせて、彼を傷つけてしまった。基はその話を聞いたのかもしれない。

（やっぱり湊にお前はふさわしくないとか……？　そういうやつなの……？）

確かにそうかもしれないが、湊の一番の親友にそう思われるのはつらい。

夕妃はズドーンと落ち込みながら、お通夜のような面持ちで顔を上げた。

「なんでしょうか……」

「本当は、こういうことを俺が言うのはおかしいと思うんだが」

（やっぱりきたっ……！）

判決を待つ被告人のつもりでごくりと息をのむ。

すると次の瞬間、基は少し前屈みになって、ささやいた。

「ガキの頃からの付き合いだが、あんな湊を見たのは初めてだ」

「え……?」

思ってもみなかった言葉に、夕妃は目をパチパチさせた。

「昨晩、仕事のことで湊に電話したらあいつ、明らかにおかしかった。まぁ、俺が遅い時間にかけておいてなんだけどさ、ちょっと話聞いたらわけわからんことを言うし。あまりにも支離滅裂だから夕妃はどうしたって言ったら、出ていったって言うから驚いたぞ。慌ててマンションに行ったら、お前、マジでいないし」

「すっ……すみません、その、出ていったというのは語弊がありまして……その」

まさか職場でこんなことを言われるとは思わなかった。

夕妃の顔がみるみるうちに赤くなる。

「あの、湊さんとケンカしたとかではなくて、私がその……」

昨日のことをなんと説明していいかわからず、しどろもどろになってしまった。

基は軽く苦笑しながら、夕妃にさらに顔を近づける。

「湊は、お前のことが、好きで好きでたまらないんだ。だから時々、バカになる」

「バカって……」

夕妃は顔を赤くしたまま、基を見つめ返した。

「わからないのか?」

基は灰色の瞳を輝かせながら、軽く首をかしげる。

「男は心底惚れた女の前だと、取り繕えなくなる。冷静でいたくても、頭の中がその女のことでいっぱいになって、気を引きたくて、なんとか腕の中に閉じ込めておきたくなって、自分だけを見つめてほしくて……必死になったあげく、時々ネジが外れる」

「湊さんも……?」

いつも冷静な彼のネジが外れることがあるのだろうか。

「そうだ。昨晩の湊は、お前のことを考えすぎて、ネジが外れた。でも慌てて這いつくばって、ネジを拾って巻き直した。湊がすごいのは、誰にも言われずにそれがちゃんとできることだ」

基はクスッと笑って、顔を上げ、脚を組む。

「わかってるとは思うが、あいつも人間だ。完璧じゃない」

「はい……。私も、もっとうまく言えたらよかったのに……全然言葉にできなくて。湊さんを誤解させてしまったんです。あんなこと、言わせたくなかった……」

「そうか」

基は豪華な花のようににっこりと笑って、涙目になっている夕妃の頭を、ぽんぽんと叩いた。

「じゃあ大丈夫だな」

「心配かけてすみません……」

「いや、心配なんかしてない。なんてったってお前は湊が選んだ女性だからな」

そして基は「朝早くに悪かったな」と社長室を出ていく。

夕妃も彼の後を追いかけながら問いかけた。

「本社で会議だったんですよね？　お車呼びますか？」

「いや、適当にタクシー拾うことにする。待っている時間が惜しい」

基は軽く首を振る。

「ちなみに湊は昨晩俺にさんざん飲まされて、話した内容はほとんど覚えてない。仕事のことしか話してないと思ってる。俺がここに残ると聞いてかなり訝しがっていたから、この〝おせっかい〟は内緒だぞ」

基は口元に人差し指を当てて、夕妃を見下ろしニヤリと笑った。

「はいっ」

夕妃も笑って、うなずいた。

基のおかげで、とりあえず落ち込んだり反省するのは、行動した後にしようと思えるくらいに心は軽くなっていた。

「ありがとうございました」

「ん、じゃあな。今度はふたりでうちに来いよ」

「はい。楽しみにしてます。お気をつけて」

一階のエントランスまで見送って、タクシーに乗り込む基に手を振った。それから秘書室に戻り、スマホとメモを取り出した。門脇の電話番号が書きつけられたメモだ。

(覚悟を決めよう。これは私の意志で、私が進みたい未来への一歩なんだから)


いつも通りエールマーケティングでの仕事を終えて、終業の時間がやってきた。

「恭子さん、お疲れ様です」

「お疲れ様。今日は結局、社長戻ってこなかったわね～」

朝一番に出かけていったまま、湊はまだ本社にいる。

「そうですね」

うなずきながら、夕妃は手早くデスク周りを片付け始める。そのてきぱきした様子を見て、恭子が首をかしげた。

「今日、なにかあるの？」

「あ、はい。人を待たせていて。すみません、お先に失礼します」

「うん、気をつけてね〜」

いつものように、ひらひらと手を振る恭子にペコッと頭を下げて、夕妃は秘書室を出てエレベーターに飛び乗った。階下に下りる途中、たまたま澄川と一緒になる。

「あ、三谷さん、お疲れ様」

「澄川さん、お疲れ様です」

そのまま一階で降り、エントランスを並んで歩く。「最近どう?」とか「寒くなってきたね」とかその程度の会話だが、彼から告白されて以降、まともに話すのは久しぶりだった。

「これからどっか寄る感じ?」

澄川がさらっと予定を聞いてくる。表向きはなんともない様子だが、実は澄川の気持ちを前から知っていたらしい恭子から、澄川が夕妃に決まった相手がいないのなら、まだチャンスがあるのではと悩んでいたと聞かされていたのだ。正直自分の周囲のことでいっぱいいっぱいで、まったく澄川のことを考える余裕がなかったのだが、告白された時、付き合えないと濁すだけだったことを思い出していた。

(今さらかもしれないけれど……言うなら今かもしれない)

夕妃は勇気を振り絞って、ビルを出たところで立ち止まり、「澄川さん」と彼を呼び止めた。

「うん？」

不思議そうに立ち止まる澄川を、夕妃は見上げる。

「あの……こんなこと言われても、困るかもしれないんですけど。実は私、半年前から、その、大好きな人と一緒に住んでいて……猫じゃなくて……ごめんなさいっ！」

夕妃は、勢いよく頭を下げる。

「ま、ま、マジかよ～！」

それを聞いて、澄川は漫画のようにヨロヨロとよろめいた。

「会社にも隠してて……だから言えなくて。本当にごめんなさい……！」

さすがに湊のことは話せないが、これが今できる精いっぱいの返事だった。

「いや、いいんだよ。なんていうか、逆にこれ気を使わせてごめんねって感じだし。みんなに内緒にしているようなプライベートのこと、話させてごめんね」

澄川はアハハと笑いながら、頭の後ろをくしゃくしゃとかき回した。

「でも、ありがとうね」

「そんな、ありがとうなんて……」

「いや、ありがとうだよ。これで完全に見込みがなくなったわけだけど、やっぱり三谷さんのこと好きになってよかったたって思った」

澄川はさっぱりとそう言うと、「じゃあまた明日！」と爽やかに笑って踵を返す。

「はい、また明日！」

夕妃は澄川に手を振った後、その手をぎゅっと胸の前で握った。

澄川の背中はあっという間に見えなくなったが、夕妃は東京の雑踏の中に消えた彼の言葉を、心の中で反芻していた。

（また明日……かぁ）

人は完璧じゃない。人生だって、いいことも悪いことも半分で、回り道をすることもある。けれどもまた明日と笑える毎日を送れたら、それはどれだけ幸せなことだろう。

（ああ……そうなんだ。私、今さらだけど……すごく……幸せなんだ）

夕妃の中で、なにかがストンと落ちた気がした。

閑が働いている法律事務所は、エールマーケティングビルから三十分もかからない場所にあった。下町情緒溢れる風景と近代化が進んだ建物の隙間に、五階建てのアールデコ風のビルが立っており、なかなか風情がいい。

階段で二階に上がると、『槙《まき》法《ほう》律《りつ》事《じ》務《む》所《しょ》』と書いてあるドアが目の前にあった。

(ここだ……)

夕妃は緊張しながらドアを開けた。

「こんばんは」

目の前にはL字型のカウンターがあり、その向こうにデスクが六つほど並んでいる。夕妃を待ち構えていたのだろう、奥のデスクに座っていた閑が立ち上がって、早足で近づいてきた。

「夕妃さん、迎えに行ったのに」

「大丈夫ですよ。駅からすぐだったし」

事務所の中には、閑以外には四十代ほどの渋い雰囲気の男性がひとりいるだけだった。それまで難しい顔をしていたのに、夕妃を見てにっこりと笑う。彼の胸には弁護士バッジが輝いていた。

(あの人がこの事務所の代表の槙さんかな?)

そう思いながら、会釈する。

閑はキラキラと輝くような笑顔で相変わらずの美青年ぶりが眩しい。

「あの、それで……」

部屋の中を見回すが、それらしい人影はない。

「奥の応接室にいるよ」

閑は夕妃の言いたいことがわかったようだ。奥のドアを指さした。

「ところで湊ちゃんには？」

「メールですけど、伝えてます」

夕妃は今日仕事が終わったら、閑の事務所で桜庭に会うと湊に告げた。メールの返事はないが、湊の反対を押し切って会うことを選んだのだ。だから今から起こることは全部自分の責任だ。

「なるほど。うん、わかった」

閑はあっさりとうなずいて、夕妃を奥の応接室へと誘う。そしてドアの前で、緊張した様子の夕妃を見下ろした。

「ドアは閉めずに開け放っておくよ。すぐそこに俺が待機してるからね」

「はい」

閑は同席しようかと申し出てくれたのだが、夕妃はそれを断り、部屋の外にいてほしいと伝えたのだ。

閑は夕妃がうなずくのを見て、ドアノブを引く。夕妃は大きく息を吸い込んで、応接室の中に一歩足を踏み入れた。

「桜庭さん、お待たせしました」

桜庭麻尋が、応接セットの奥側に身を屈めるようにして座っていた。夕妃が入ってくると顔を上げ、頭の先から爪先まで舐めるようにじっくりと見つめる。

蛇に睨まれた蛙というのはこういう気分なのだろう。夕妃は一瞬目を逸らしたくなったが、唇を噛みしめて見つめ返す。

彼は、デニムのジャケットとシャツに細身のパンツ、足元はレザースニーカーというカジュアルな装いだった。若干髪が短くなっているだけで、半年前となにも変わらない。黙ってさえいれば好青年にしか見えない。

「まぁ、立ち話もなんだし、座りなよ」

「はい」

夕妃は緊張した足取りで、彼とローテーブルを挟んだ正面、入り口側のソファに腰を下ろした。

「まさかあんたが会ってくれるとは思わなかったな。とりあえず俺に、土下座でもしておく？　そうしたら許してやるかもしれないよ」

彼は唇の端をにやりと持ち上げた。

（桜庭さん……）

夕妃は一度こぶしを握り、膝の上の手をじっと見つめた。

脳内に、自然と湊の顔が浮かんだ。

「私、土下座なんかしません」

次の瞬間、夕妃は顔を上げ、桜庭の顔を真正面から見つめた。

「へ？」

夕妃の反応が予想外だったのか、桜庭の目が丸くなる。

「私がしてしまったことに対して心から謝罪します。でも土下座はしません。傷ついて立ち直れなかった私を、大事に慈しんでくれた人に申し訳が立たないから」

そして夕妃はソファから立ち上がって、頭を下げた。

「桜庭さん、私はあなたと結婚すると約束しておきながら、土壇場で逃げました。その後もずっと、あなたが怖くて、みんなが助けてくれるからそれに甘えて、逃げていました。でも、やっと……やっと……私、自分で立てるようになりました。だから謝ります。本当にごめんなさい」

「開き直るつもりかよ！」

その瞬間、桜庭が立ち上がって、声を荒らげた。夕妃も顔を上げる。

テーブルを挟んだすぐ目の前に桜庭がいる。彼は瞳孔《どうこう》が開き、きれいに整えられた髪が乱れていた。

「俺はそんな顔が見たいんじゃないんだっ！」

ガシャン‼

さらに大きな音がした。桜庭がローテーブルを蹴り上げたのだ。それなりに重いテーブルが斜めに動くほど、その衝撃は強かった。

それに合わせて、一瞬背後で誰かが動く気配がした。様子を見ていた閑だろう。

「大丈夫です」

夕妃は、後ろに向かって手を向けながら、なおも桜庭を見上げる。

武者震いなのかなんなのか、体はガタガタと震え始めていた。もう怖いという感覚は吹っ飛んでいて、ただ夕妃は必死だった。

「桜庭さんは、私を傷つけたいだけですよね。でも私は、もう昔の私と違うんです。脅したって無駄です」

そう、桜庭はそうやって人を傷つけるのが好きな男だ。彼は自分を袖にした夕妃を傷つけ怯えさせ、精神的支配下に置きたいだけなのだ。

だがそんなことをしていったいなんになるだろう。愛し愛される喜びを知らぬまま、彼は一生、生きていくつもりなのだろうか。そんな悲しい生き方があるだろうか。現に今目の前にいるかつての婚約者はちっとも幸せそうじゃない。彼は周囲を傷つけながら、自分も不幸にしているのだ。

夕妃は強くこぶしを握った。

「お願いだから、そんなふうに周囲の人を脅さないで！　自分のことを大事にして……じゃないと誰も、あなたを大事にできないんだから！」

夕妃の叫びに、シンと場が静まり返る。

桜庭はうつむいたまま、立ち尽くしていたが、やがてぽつりと口を開いた。

「——なんだよそれ」

そしてどこか絶望したような唸り声をあげる。

「まったく……意味わかんないよ……ああ、くそっ……」

桜庭は髪をぐしゃぐしゃとかき回した。

「なんなんだよ、なんなんだよ……」

そしてうわ言のようになにかをささやいた。

「お前見てると思い出すっ……。小さい頃、飼ってたインコ……ものすごくかわいがっていたのに、逃げてしまった。毎日泣いて暮らしたよ……。羽根を切ったらかわいそあんた見てたら、急に思い出してっ……」

うだから、しなかったのに。切ればよかったたって、ものすごく後悔して……。なんか

桜庭は、顔を上げる。

「まぁ、そんなのどうでもいいけど……全然関係ないしな……！」

関係ない、どうでもいいという割には、桜庭はひどく落ち込んだ顔をしていた。そ
の顔を見るとなんとなく想像できることがある。

（ああ、そうなんだ。この人はいつか失うくらいなら、自分が捨てたと思いたい人なんだ。だから周囲の人を傷つけてばかりで……）

そのことに気づいた夕妃は、もう桜庭を恐ろしいとは思わなくなっていた。

「桜庭さん……私はあなたのインコじゃないけれど……幸せになってほしいって……心からそう思ってます」

それを聞いて、桜庭はまた今にも泣き出しそうな、怒り出しそうな表情になる。

「ああ、そう……ほんっと、あんたって相変わらず、変だよね。俺、あんたと話してると、なんか……頭のネジ外れる、気がするわ……」

桜庭は夕妃の目を見ながら、こめかみのあたりを指でくるくると回し――そしてそのまま、なにか言いたそうに唇を震わせた。

そこでふと、そういえば桜庭はなぜ自分と会いたいと言ってきたのだろうかと、夕妃の心に疑問がよぎる。

(昔と同じように、ただ傷つけたいだけだったの?)

見つめると、桜庭と目が合った。唇を震わせながら桜庭は夕妃に向かって手を伸ばす。

「俺、もう少しあんたと……」

「もういいだろう」

だが突然、後ろから手が伸びてきて桜庭の手首を掴んでいた。

「触んなよっ!」

桜庭が叫ぶ。

ハッとして振り返ると、夕妃を後ろから支えるように、なんと湊が立っていた。

「えっ、湊さ……んんっ?」

湊は無言で夕妃の肩を抱き引き寄せた。彼の胸に顔が押しつけられて、なにも見えなくなった。それから間髪入れず、湊の低い声が響く。

「──桜庭麻尋。たとえ夕妃に結婚式から逃げたという非があったとしても、俺は夕妃の味方だ。未来永劫、守ると決めた夕妃のそばから離れない。だからあんたが今さらなにをしようとしてももう遅い。このまま夕妃のことは諦めることをおすすめする」

それを聞いて桜庭が渇いた笑い声をあげる。

「どうやったってもとには戻らないから、すべて水に流せって？」

「そうだ」

「おーこわ……ははっ……手首赤くなってるし……ナイト気取りかよ……」

顔を上げようとすると、動くなと言わんばかりに、夕妃の肩を掴む湊の手に力がこもる。

「はいはい。退散しますよ……」

足音とともに桜庭の声が遠くなる。

桜庭がいなくなる。あれほど彼の存在に怯えたのに、こんなに呆気なく――。

嵐のような一瞬の出来事に夕妃は衝撃を受けたが、湊の腕の中で、言わずにはいられなかった。

「桜庭さん、おっ……お元気でっ……元気でいてくださいっ……」

「君は優しすぎる……」

ため息をついた湊に、頭をポンポンと叩かれた後、くしゃっと髪を撫でられた。

そもそも、湊の腕の中で発した夕妃の声が桜庭に届いたかはわからない。

それでも無言でドアを閉めて出ていく桜庭の気配は、ほんの少しだけ優しさを含んでいるような気がした。

(もしかしたら私の願望かもしれないけれど……そう思いたいな……)

夕妃は目を閉じる。

桜庭のもとから逃げて、今日まで、長いようで短い、あっという間の時間だった。

桜庭がこれからどんなふうに人生を歩むのか、夕妃には想像もつかないが、やはり、幸せになってもらいたいし、元気でいてほしい。

(ああー……終わったんだ……)

極度の緊張状態にあったせいだろう。ピンと張った糸が緩み、ふうっと意識が遠のく。全身から力が抜けてずるずるとその場に座り込んでしまった。

「ゆっ、夕妃っ⁉」

慌てた湊に抱きかかえられる。

「ごめんなさい……ホッとしたら、力が抜けて……」

湊の腕を掴んだまま、夕妃がへらっと笑うと、湊が困ったように首を振る。

顔に寿命が縮まったと書いてある。かなり心配をかけたはずだ。

謝らなければと思ったが、まずお礼を言いたかった。

「湊さん、来てくれて、ありがとう」

「夕妃……」

「私、湊さんに拾ってもらってから、たくさん力をもらったの。だからあの人に会おうって思えたの……。人として、ちゃんと謝る機会をくれたのは、湊さんなんだよ。本当に……ありがとう」

湊に支えてもらいながらなんとか立ち上がると、もう一度、腕を伸ばし、ぎゅうっと湊の背中に腕を回した。

「でも心配かけてごめんね……まだ怒ってる?」

「ああっ、もうっ……」

湊は呻くように声をあげた後、夕妃の背中をきつく抱きしめる。

「怒ってたよ自分にっ……。嫉妬深い自分に心底嫌気がさして、自己嫌悪で……！こんなことで夕妃を失うかと思ったら、死んだほうがマシだと思うくらいに、自分に腹が立ってたよ！　ここに来たのだって、桜庭への怒りのほうがずっと大きかった……！」

「湊さん……」

抱き合っていると湊の鼓動が伝わる。ドキドキと、本当に心臓が跳ね回っている。

夕妃は胸がいっぱいになりながら顔を上げた。

「でもさっきのやり取りを見ていて思い出したんだ。俺が愛した女性は、本当に優しい心を持った人だって。怒りに振り回されず、相手を思いやる、素敵な人だって。誇らしくなったと同時に、つまらない嫉妬で君を傷つけた自分に、また自己嫌悪だ」

湊は大きなため息をついた後、頬を傾け、ささやいた。

「俺こそ、許してくれるか」

「もちろんよ。愛してるもん」

笑ってうなずくと同時に、瞳をうっすらと濡らした湊が、「俺も愛してるよ」と呟いて、噛みつくようにキスをしてきた。熱いキスは愛情に溢れていて、やはり自分の場所はここなのだと、夕妃は胸がいっぱいになった。

応接室を出ると、閑がカウンターにもたれるようにして書類をめくっていた。手を繋いで出てきた湊と夕妃を見てなんとも言えない表情で目を細める。

「湊ちゃん、今、いちゃついてたよね？」

「そんなわけないだろう。お前の気のせいじゃないか？」

湊は笑って、閑は肩をすくめた。

湊と夕妃は、槇先生と閑にお礼を言い、事務所を後にした。

ビルを出ると外は真っ暗だった。大通りを歩きながらタクシーを探す。だがなかなか空車がつかまらない。

湊は周囲を見回した後、夕妃の手を引いて顔を覗き込んできた。

「夕妃」

「なあに？」

「こんなことを言うのはなんだが、家まで待てない。あそこに入ろう」

湊がもう一方の手で、路地裏にある派手な照明の建物を指さした。

（あ、あれって……っ！　いわゆるラブホテルというものでは……！）

「嫌？」

目を丸くしている夕妃の顔を少し心配そうに湊が覗き込む。赤面した夕妃はプルプルと首を横に振った。

「嫌じゃないよ……！」

確かに夕妃にとっては生まれて初めての体験だ。とはいえ断る理由はない。

夕妃は心臓をドキドキさせながら、湊と繋いだ手に力を込めた。

一刻も早く愛し合いたいという気持ちは同じだと思ったのだ。その時は——。

「湊さん、しゃ、しゃ、シャワー浴びさせてっ……」

「後でいいよ」

「み、湊さんっ、だ、ダメッ……でんきっ……」

「消さない」

「あっ、なんで眼鏡かけ直したのっ……」

「ああ……はっきり見たいから」

なにを言っても、丸め込まれて。まるで砂糖菓子のように、長い時間をかけて全身に口づけられ、なめられ、吸われて。このまま溶けてなくなるかと思ったところで、信じられないくらい大きくなった湊が、夕妃の中に入ってくる。

一瞬で目の前に星が散り、気が遠くなる。

湊が体を押しつけながら、唇の端を持ち上げるようにして笑い、「……ほら、口を開けて。舌を出して。キスしよう……」とささやく。

命じられるがまま口を開けると、湊の舌先がツンツンと夕妃の舌をなぶる。それから絡めとられて、歯を立てて噛まれる。口の中のほんの少しの痛みと、断続的に与えられる快感がごちゃ混ぜになって、夕妃はまたビクビクと体を震わせた。

普段は夕妃が恥ずかしがるような体勢を取らせたり、言葉を言わせたりする湊だが、今日はいっさいそれがない。ただひたすら夕妃は湊に愛されている。

(なんで……なんか今日、すごい……)

ラブホテルの大きなベッドの上で何度か意識を飛ばし、ぼうっとする頭で湊を見上げると、彼は色っぽい眼差しで夕妃を見つめながら、「こんなふうに俺に愛されて乱れる夕妃を、今日はずっと眺めていたい」と、恐ろしいことを口にした。

(ずっと……?)

「ちなみにこれは、俺の詫びの気持ちでもあるんだ……。だからいつもより心を込めて、じっくりと、君を愛そうと思う」

(心を込めて……じっくり……って、これ以上に⁉)

夕妃は耳を疑った。

なんとこの、永遠に続く快感は、湊なりの詫びの気持ちらしい。流れからして、桜庭に嫉妬したことへの謝罪なのだろうが、夕妃がされていることを考えると、まったく詫びだとは思えないし、いい加減どうにかなりそうだ。

「もう……あの……もう」

なけなしの理性をかき集めて、目で訴える。

だが湊はにっこり笑って、首を振ると、夕妃の額にキスを落とす。

「愛してるよ、夕妃」

「わたしも……すごく、あい、してるけど……もう……んっ……」

もう謝らなくていいと言いかけた瞬間、湊がまた夕妃の唇を塞ぐ。

明日の仕事は大丈夫だろうか……。

夕妃はかなり不安になったが、湊に何度か突き上げられて、あっという間に人間らしい言葉がどこかに吹き飛んだ。湊の謝罪を受け入れる以外に、今はなす術がなかった。

夜は長く――。

そして湊と夕妃の上司で部下で、夫婦の関係はこれからも続いていく。

エピローグ

「やーっと聞けたよ、京都の続き！　すっきりした！　いや、当時はあの神尾湊がどこからか女の子攫《さら》ってきて、結婚という手段で合法的に監禁しようとしてる、やばい！って評判だったからさ～！」

夕妃の長い話を聞き終えた後、山邑始はようやく満面の笑顔になった。

彼が手に持ったシャンパングラスに、太陽の光がきらりと反射して美しい。

「すっきりされたのはよかったです」

（でも合法的に監禁……って……さすがにひどすぎない？）

夕妃は、始が顎先のあたりをつまみながら、うんうん、と訳知り顔でうなずくのを眺めながら、笑うしかなかった。

（それに私もさすがに春まで引っ張るとは思ってなかったな……。山邑さんが覚えてるとは思わなかったし。ハワイで身の上話をすることになろうとは……）

大きなパラソルの下にいるが、やはり日差しが眩しい。夕妃は目を細めながら、青い空を見上げた。

ここは日本から飛行機で六時間強の、常夏の国ハワイ。そして山邑始が副社長を勤めている山邑リゾートのひとつである。完全貸し切り型のコテージで、大きなプールの周りは色とりどりの、鮮やかな花でいっぱいに飾りつけられている。

今日は、湊と夕妃の結婚式だ。出会って約一年、ようやく結婚式を挙げようという話になり、山邑の好意でここを借りることができたのだ。

そして結婚式を終えたばかりの今、ここには湊の家族と、朝陽、それに始がいるだけだが、夜には日本から、湊の友人知人が来る予定になっている。

「ふむ……それにしてもさ、俺、ちょっと憂いのある美人が好みのタイプなんだけど、ゆうちゃんのウエディングドレス姿は、別格だね。美しすぎて目が潰れそうだ。これは愛してしまうかもしれない……って、冗談だってごめん。湊、無言でゆうちゃんの背後に立たないで、怖いから」

「始さんがバカなことを言うから、呆れてものも言えなかったんですよ」

白いタキシードに身を包んだ湊が、後ろからそっと、夕妃の肩に手をのせて引き寄せながら、始にたしなめるような目線を向ける。

「なんでそんなに飲んでるんですか」

「ごめんごめん、嬉しくってさぁ。夜にはおなじみのメンバーも来るよ。楽しみだね。

飲もうね！」

「ほどほどにしか付き合えませんからね」

「はいはーい」

始はグラスを持ち上げると、

「ご両親様！　ルビー婚式のご予定などありませんか？」

今度は湊の両親のもとへと向かっていった。いつ見ても明るく社交的な男だ。

「基さん、残念だったね」

残念ながら、基は出産を終えた妻をひとりにはできないという理由で不参加だ。

「別に。夕妃のウェディングドレス姿を見て、緩みまくった俺の顔をあいつだけには見られたくなかったからよかった」

「そんなこと言って……」

「いや、あいつだって、誰にも妻のドレス姿を見せたくないなんて理由で、ふたりっきりの結婚式を挙げたんだぞ。だからお互い様だ」

湊は笑って、後ろから夕妃を包み込むようにして抱きしめた。

「ああ、本当に夢みたいにきれいだな……」

夕妃のドレスを選んだのは、湊だ。女性らしいラインがとても美しく、なんと胸元には真珠が縫いつけられている、かなり豪華なドレスだった。

夕妃は無言で、背後の湊に体を預ける。

（一年前、こんなことになるなんて、誰が想像しただろう……）

考えることをやめていろんなことを諦めた。自分さえ我慢すればいいと自暴自棄にもなった。けれど湊に出会ってそれは違うと理解できた。

自分の人生は、自分で決めなければいけない。それが責任を持つということなのだ。大半の人間ができている当たり前のことを夕妃はずっと、知らなかった。

「ねぇ、湊さん。これからもずっとそばにいて。私の憧れで目標でいてね。私が間違っていたら、ちゃんと話をしてね」

「夕妃……」

夕妃を抱きしめる湊の腕に、力がこもる。

「俺こそ……君に相応しい男でいられるよう努力するよ」

湊はゆっくりと、夕妃の結い上げた髪の下の、うなじに恭しくキスを落とした。

「湊さん……」

一瞬、優しいキスにふわふわと幸せな気分になったが、今の発言には少しばかりひっかかった。

湊は大変な努力家だ。秘書としてそれを一番近くで見ている自信がある。なのにまだ努力をすると言われては困る。嬉しいが、無理はしてほしくない。

夕妃は慌てて後ろを振り向くと、思い切って背伸びをしてささやいた。

「あのね。私に甘えてくれていいから。たくさん我儘言って。頑張りすぎはよくないです」

その瞬間、湊はふわっと、太陽の光を受けて輝くような笑顔を浮かべた。

「俺の奥さんは、俺を甘やかすのが上手だね」

湊はささやいて、今度は軽く唇にキスをする。

「あっ、チューしてる！」

「やっぱり湊ちゃん、イチャイチャしてる！」

朝陽と閑のはしゃいだ声が、波の音に紛れて、聞こえた気がした。

夕妃はそのキスを受けながら、ゆっくりと目を閉じた。

愛する人がそばにいる。

その事実だけで胸がいっぱいで、泣けてくる。

夕妃は海のように広く深い湊の愛に、うっとりと身を任せていた。

特別書き下ろし番外編

ハワイから帰ってすぐに夕妃が熱を出した。

「昨日はごめんなさい……でも大丈夫だから……ちょっと疲れただけだと思う」

そうやってベッドの中で笑う夕妃の顔を見ると、湊は切なくてたまらなくなる。

(夕妃はいつも大丈夫だと言う癖がついているんだな)

額に滲む汗をタオルで拭いて、それから額に軽くキスをした。小さくて白い顔に、柔らかい髪が汗で貼りついている。

昨晩は熱が上がり、小鳥のように愛らしい夕妃がかわいそうで、代わってやりたいと思わずにはいられなかった。

「気にしなくていいし、謝らなくていい。それよりもゆっくり休んで、体調を整えることを考えるんだ」

「うん……」

夕妃は軽くうなずいて、目を閉じた。

幸い高熱が出たのは昨晩だけで、ひと晩たった今は微熱程度だ。

念には念を入れて兄の病院に入院させようかと考えたが、夕妃が『そんなの笑われちゃうでしょ』と恥ずかしがったので、自宅で療養することになった。

けれど湊の看病は完璧だった。そのおかげで夕妃は安心したように目を閉じ、しばらくして薬が効いてきたのかすうっと寝入ってしまった。

「――おやすみ、夕妃」

頬にキスをして、湊は客用のベッドルームを出てリビングへと向かう。

本当ならずっと枕元で夕妃の顔を見ていたいが、始終見られていては夕妃も落ち着いて眠れないだろう。リビングのソファに座り、膝にノートパソコンをのせて、仕事をすることにした。

ちなみに結婚式の間、湊は海外出張、夕妃は家族旅行という名目で、それぞれ休みを取った。社内の人間は相変わらずふたりが夫婦だということは知らない。

湊は来年の春、エール化粧品本社に戻ることが決まったのだが、それを聞いた夕妃から、エールマーケティングにいる間は湊の秘書として働きたいと言われた。

最初は不安だからそばに置いておきたいという、それだけで始まった上司と部下の関係とはいえ、今は湊にとって、夕妃はなくてはならない優秀な秘書だった。続けてもらえるのは湊にとってもありがたい話だ。

というわけで、ふたりの秘密の関係は、あと一年弱続くことになる。

パソコンで仕事をしていると、まだハワイにいる始からメールが届いた。

内容は結婚式を無事終えたことへの労いや、花嫁への称賛、さらに数枚、彼がスマホで撮った写真が添付されていた。

「素の俺だな……」

基はいないが、学生時代からのいつものメンバーに取り囲まれ、昔と変わらないテンションでもみくちゃにされている。真ん中で嫌そうな顔をしている白いタキシード姿の自分の顔が、妙におかしかった。

そしてそんな湊に腰を抱かれて、カメラに向かって笑うウェディングドレス姿の夕妃を見ると、ポッと胸が温かくなると同時に、とても不思議な気分になる。

夕妃は一年前、違う男が用意したウェディングドレスを着ていたのだ。

(出会ってようやく一年が過ぎたのか……)

あの日、あの時。もしあの道を通っていなければ自分は夕妃と出会えなかった。その可能性はむしろ高かったはずだ。

あの頃の自分は、若干の仕事のストレスを抱えて、いつもの道ではなくドライブが学生の頃から車を走らせようかと、違う道に向かっていた。

デキすぎる男である湊への、周囲からのやっかみや中傷、いやがらせは、学生の頃から一度たりともやんだことがない。基のように圧倒的に眩しすぎる男だと、中傷も本人には届かないのだが、湊は人よりもずっと敏く、見なくていいものもつい拾って見てしまうような繊細な性格の持ち主だった。

そんな発散できない思いを抱えてハンドルを握っていた湊の目の前に、突然、ウェディングドレス姿の夕妃が、降ってきたのだ。あの時のことを思い出すと今でもヒヤッとするが、同時に湊は、車のフロントガラスの向こうで、悲しそうな顔をした愛らしい花嫁を見て、頭に雷が落ちたような衝撃を受けた。

きっとあれは人生最初で最後の一目惚れだったのだ。

恋愛に関しては、自分は淡白だと思っていた。学生時代からモテていた自覚はあるが、恋愛は常に人生の優先リストの下のほうだった。器用に遊ぶ親友の基を見て『お盛んだな』と笑うことはあっても、自分はその気になれなかった。

もちろん人並みの好奇心で女性ともかなり付き合ったが、どれも長続きせず、振られるのは常に湊のほうだった。

（だが、それでもよかった。むしろ離れてくれる時のほうが、ホッとした……）

いくら思いを向けられても同じ質量で愛せない。それどころかなぜ自分にそこまで執着するのかと不思議になってしまう。そんな自分がまさか、やっかいな事情を持つ花嫁に一目惚れするなんて、ありえないはずだった。

けれど湊は、夕妃に恋をしたのだ。そして、まじめで一生懸命な中身を知れば知るほど、さらにのめり込み、なにがなんでも自分のものにしたいと気づくまではあっという間だった。

(夕妃からしたら、俺は常に余裕に見えたんだろうな……)

声の出ない夕妃をからかったり、かわいがったり、優しくしたり、慰めたり、励ましたりし続けながら、湊は必死だった。

(俺を見て、俺を好きになって……俺を君の心の中に入れてほしい……)

まるで思春期の中学生のように湊は夕妃に夢中だった。そしてそれは今でも変わらない。

(一年経ってもまだ自分は、夕妃に恋をしている。心から愛している……)

夕妃のことを思うと、胸が切なく締めつけられる。

小鳥のように愛らしく、出会った当初は子猫のように保護せねばいけないと思っていたが、彼女はそれだけではないまっすぐな心根を持った、他人を思いやる、強く優しい女性なのだ。自分にはもったいないくらい素晴らしい妻なのだから、心を尽くして彼女との間にある愛を大事にしなければならない。

湊は常々そう思っている。

それからしばらくして、

「……ん……湊さん？」

夕妃がぱちりと目を開けて、彼女を見つめる湊の視線と重なった。

一瞬なにが起こったのかわからなかったが、

「……あ」

なんと気がつけば、湊は無意識に夕妃の枕元に座り込んでいた。

「リビングで仕事をしていたはずなんだが、気がついたらここにいたみたいだ」

壁にかかっている時計を見ると、夕方の六時を過ぎている。

冗談ではなく本当に、まるで夢遊病患者のようにふらふらとここに来ていたのだ。

内心はまじめに、けれど笑ってそう言うと、

「ふふっ……そんなわけないでしょ。でも心配してくれてありがとう」

夕妃はクスクスと笑って、手の甲を自分の額に押し当てた後、枕元にあった体温計

で熱を測り、ホッとしたように微笑んだ。

「気分はどう?」

湊の問いかけに、

「熱、平熱まで下がったみたい」

夕妃は昼間よりもずっと明るい顔で、微笑んだ。

「本当に?」

心配になり、夕妃の手元の体温計を見ると、確かに三十七度を切っている。

「よかったな」

湊はホッと胸を撫で下ろした。

「お水もらえる?」

「ああ」

湊は起き上がろうとする夕妃の上半身を優しく抱き起こし、枕元に置いてあったミネラルウォーターを飲ませる。

こくり、こくりと水を嚥下《えんか》する夕妃の細くて白い首を見ていると、一瞬欲望が首をもたげたが、必死でそれを押し殺した。湊は夕妃と毎日何度だって愛し合いたいと思っているが、さすがに病床の妻をどうこうするつもりはない。

（元気になるまでお預けだな……）

そう思っていたのだが、湊は半分ほどに減ったペットボトルを受け取って、そのまま夕妃の唇に、自分の唇を押しつけていた。

「んっ……？」

いきなりキスをされた夕妃が驚いたように背筋を伸ばしたが、湊はベッドの上に乗り上げながら、夕妃の上半身を抱きしめる。

「抱きしめるだけだから……」

昨晩は夕妃が足りなかった。一緒にいるのに一緒に寝られないなんて耐えられない。たったひと晩でもつらかった。そんな思いを込めて、湊は夕妃を抱きしめる。

なぜか常日頃、『痩せたい』だとか『おやつを我慢するべきか』など悩んでいる夕妃だが、湊にとってはいつだって完璧な体を持つ、素晴らしい女性だった。ふわふわとした体は相変わらず抱き心地がよく、とろけるような快感を湊に与える。

（ああ……夕妃だ）

感動すると同時に、押さえていた欲望がまたむくむくと沸き起こってきてしまった。

（好きだ……大好きだ……）

抱きしめる腕に力を込めると、

「ん、ダメ、だよ……汗かいてるし……」

夕妃は困ったように湊の胸を押し返すが、意味がわからない。

「夕妃はいい匂いしかしない」

その香りは甘く、湊を虜にする匂いだ。鼻を首筋にうずめて息を吸い込むと、

「もう、そんなことないってば……もうっ……！」

夕妃は身悶えするようにして湊を押し返し、恥ずかしそうにうつむいてしまった。

（そんなことはあるんだがな……）

湊は困ったと思いながらも、仕方なく腕の力を緩めて、うつむく夕妃の長いまつげを見下ろした。

「とりあえずシャワー浴びようかな……元気になったし」

夕妃はよほど汗をかいていることを気にしているようだったが、それを聞いて湊は慌てて首を振った。

「シャワーを浴びてふらついたらどうする。危ないだろう。熱いタオルを持ってくるから待っていなさい」

「えっ⁉」

意表を突かれたように夕妃は目を丸くして顔を上げたが、湊は止まらない。急いで

寝室を出て電子レンジで蒸しタオルを作ると、相変わらずベッドの上できょとんとしている夕妃のパジャマに手をかけた。

「ちょっ、湊さん、自分でできるからっ……」

そこでようやく湊がすることがわかったのか、夕妃は湊の手を振りほどこうとする。だが湊は引かない。

「背中はどうやって拭くんだ。俺に任せなさい」

いくらジタバタされたところで、夕妃を裸にするのに、そう時間はかからない。それどころか、

「いったい今まで、俺が何度夕妃の着ているものを脱がせたと思っているんだ？　抵抗するだけ無駄だ」

そんなことをささやきながらパジャマを脱がすので、夕妃が余計に照れる始末だ。

「やだもーっ、変なことを自慢しないでっ……」

「はいはい。諦めて俺に脱がされて」

体が冷えないように、乾いたタオルで夕妃の体を覆い隠しつつ、器用に全身を拭いていく。その間ずっと夕妃は「恥ずかしい」と赤面していたが、諦めざるを得なくなったのか、最終的にはおとなしく拭かれていた。

「えっと……湊さん、ありがとう……。とってもさっぱりしました」

新しいパジャマを着た夕妃が、律儀に頭を下げる。

「どういたしまして。じゃあもう思う存分抱きしめてもいいな」

湊は笑ってうなずき、また夕妃の体を抱きしめた。そして首筋に顔をうずめ、改めて、スウッと息を吸う。

「ああっ、まさかこれが目的だったのっ⁉」

腕の中で夕妃が驚いているが、湊はご満悦だ。

「当たり前だろう」

欲しくて欲しくてたまらないものがあれば、手を尽くし、心を尽くしてものにする。もちろんそんな感情が湧いてくるのは夕妃ただひとりだけだ。

「夕妃の具合がよくなって本当によかった……」

たっぷりと夕妃を堪能した後、背中を撫でながらしみじみとささやくと、夕妃が困ったように笑う。

「私、心配かけて……」

「心配したけど、夕妃はなにも悪くない。元気な姿を見せてくれたら、それでいいよ」

「湊さん……」

湊の言葉に、夕妃はゆっくりと顔を上げて、上目遣いになる。

「寝込んでいても全然不安にならなかったの、湊さんのおかげです。ありがとう」

純粋な妻の言葉に、湊の胸は激しくときめく。夫が妻を看病するのは当然のことなのに、夕妃は感謝の気持ちで目をキラキラと輝かせながらそんなことを口にするのだ。

「そんなかわいらしいことを言って、俺を煽ってどうするんだ」

「えっ？」

夕妃はきょとんと不思議そうな顔になる。

夕妃にしてみればただの感謝の言葉だが、湊の耳を通して聞けば、それは求愛の言葉になるのだ。

なにをしたって、夕妃の一挙手一投足が、湊の心を捉えて離さない。

「──夕妃。好きだ。愛している」

「ん、あっ……」

本当に、愛おしくてたまらない。

湊はたまらず夕妃の唇を塞いでいた。

「えっ、ちょっ……」

「キスだけ……」

そうささやいて、何度も顔中にキスの雨を降らす湊は、今日も夕妃に夢中だった。

そしてそのまま、なだれ込むようにベッドに押し倒された夕妃は、困ったようにジタバタしたが、結局困った夫をなだめるように、しがみついてくる湊の背中を優しく撫でる。

「もう、湊さんったら……」

夕妃が呆れたように笑う声につられて笑いながら、また幸福感が募る湊だった。

END

あとがき

十代の頃、悲しいお話が好きだった。

漫画でも小説でも映画でも、『泣ける！』という煽りに弱かった。とにかく報われない思いが好きで、たとえ両思いになっても、結局ふたりには別離が訪れるというシチュエーションが大好物だった。

三角関係であれば、思いが実らないほうを応援し、「でもお前は片思いだから輝いているんだぜ……」と本気で思っていた。（若さって残酷だな）

だが大人になった今は、断然ハッピーエンドが好きになっている。

ハラハラしたくない……悲しいのは嫌だ……。つらいとわかっている作品は、よっぽどのことがない限り、最初から避けるようになった。

きっと悲しむのって体力がいるんだ。

このお話は既刊の『逆境シンデレラ』のヒーローである不二基の親友キャラであり、秘書だった神尾湊をヒーローにした恋愛小説だ。

「基はシンデレラモチーフだったから、湊は人魚姫モチーフにしよう」という安易な考えで書き始めたが、当然体力とこらえ性のない私に悲しいお話を作る気はなく、最初からイチャイチャラブラブさせまくっていた。なので書いているときは本当に楽しかった。

そしてあまりにもふたりがイチャイチャしていたので、いざ書籍となると、びっくりするくらいページが足らなくなっていた。焦った。かなり焦った。

編集作業が始まってすぐに、「もう、あとがきはなしでいいですよね？　読者さんはあとがきなくても怒らないと思います」なんて勝手に提案していた。（そしてやんわりと却下された）

とりあえずあとがきまでおさまって本当によかった。

あとは読者の皆様にドキドキしたりキュンキュンしてもらえたら、これより嬉しいことはない。

あさぎ千夜春《ちよはる》

あさぎ千夜春先生への
ファンレターのあて先

〒104-0031
東京都中央区京橋1-3-1
八重洲口大栄ビル7F
スターツ出版株式会社　書籍編集部　気付

あさぎ千夜春先生

本書へのご意見をお聞かせください

お買い上げいただき、ありがとうございます。
今後の編集の参考にさせていただきますので、
アンケートにお答えいただければ幸いです。

下記URLまたはQRコードから
アンケートページへお入りください。
http://www.berrys-cafe.jp/static/etc/bb

ベリーズ文庫

イジワル社長は溺愛旦那様!?

2017年10月10日　初版第1刷発行

著　　者　あさぎ千夜春
©Chiyoharu Asagi 2017

発 行 人　松島 滋

デザイン　hive&co.,ltd.

D T P　久保田祐子

校　　正　株式会社 文字工房燦光

編集協力　妹尾香雪

編　　集　倉持真理

発 行 所　スターツ出版株式会社
〒104-0031
東京都中央区京橋1-3-1　八重洲口大栄ビル7F
TEL　販売部　03-6202-0386（ご注文等に関するお問い合わせ）
URL　http://starts-pub.jp/

印 刷 所　大日本印刷株式会社

Printed in Japan

乱丁・落丁などの不良品はお取替えいたします。
上記販売部までお問い合わせください。
定価はカバーに記載されています。

ISBN 978-4-8137-0329-7　C0193

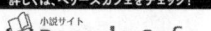

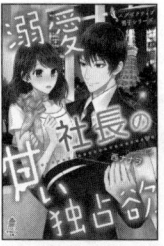

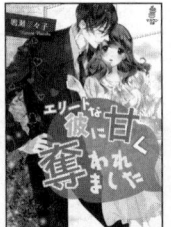

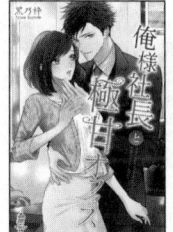

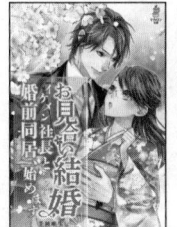

ベリーズ文庫 2017年10月発売

書店店頭にご希望の本がない場合は、
書店にてご注文いただけます。

『次期社長と甘キュン!?お試し結婚』

黒乃《くろの》 梓《あずさ》・著

祖父母同士の約束でお見合いすることになった晶子。相手は自社の社長の孫・直人で女性社員憧れのイケメン。「すぐにでも結婚したい」と迫られ、半ば強引にお試し同居がスタート。初めは戸惑うものの、自分にだけ甘く優しい素顔を見せる彼に晶子も惹かれていき…!?

ISBN978-4-8137-0332-7／定価：本体650円+税

『溺あま御曹司は甘ふわ女子にご執心』

望月《もちづき》いく・著

ぽっちゃり女子の陽芽は、就職説明会で会った次期社長に一目ぼれ。一念発起しダイエットをし、見事同じ会社に就職を果たす。しかし彼が恋していたのは…ぽっちゃり時代の自分だった!?「どんな君でも愛している」――次期社長の規格外の溺愛に心も体も絆されて…。

ISBN978-4-8137-0333-4／定価：本体630円+税

『イジワル社長は溺愛旦那様!?』

あさぎ千《ち》夜春《よはる》・著

イケメン敏腕社長・湊の秘書をしている夕妃。会社では絶対に内緒だけど、実はふたりは夫婦！　仕事では厳しい湊も、プライベートでは夕妃を過剰なほどに溺愛する旦那様に豹変するのだ。甘い新婚生活を送る夕妃と湊だけど、ふたりの結婚にはある秘密があって…？

ISBN978-4-8137-0329-7／定価：本体640円+税

『王宮メロ甘戯曲　国王陛下は独占欲の塊です』

桃城猫緒《ももしろねこお》・著

両親を亡くした子爵令嬢・リリアンが祖父とひっそりと暮らしていたある日、城から使いがやって来る。半ば無理やり城へと連行された彼女の前に現れたのは、幼なじみのギルバート。彼はなんとこの国の王になっていた!?　リリアンは彼からの執拗な溺愛に抗えなくて…。

ISBN978-4-8137-0335-8／定価：本体630円+税

『狼社長の溺愛から逃げられません！』

きたみ まゆ・著

美月は映画会社で働く新人OL。仕事中、ある事情で落ち込んでいると、鬼と恐れられる冷徹なイケメン社長・黒瀬に見つかり、「お前は無防備すぎる」と突然キスされてしまう。それ以来、強引なのに優しく溺愛してくる社長の言動に、美月は1日中ドキドキが止まらなくて…!?

ISBN978-4-8137-0330-3／定価：本体630円+税

『クールな伯爵様と箱入り令嬢の麗しき新婚生活』

小日向史煌《こひなたしおん》・著

伯爵令嬢のエリーゼは近衛騎士のアレックス伯爵と政略結婚することに。毎晩、寝所を共にしつつも、夫婦らしいことは一切ない日々。でも、とある事件で襲われそうになったエリーゼを、彼が「お前は俺が守る」と助けたことで、ふたりの関係が甘いものに変わっていき!?

ISBN978-4-8137-0334-1／定価：本体640円+税

『エリート上司の過保護な独占愛』

高田《たかだ》ちさき・著

もう「いい上司」は止めて「オオカミ」になるから――。商社のイケメン課長・裕貴は将来の取締役候補。3年間彼に片想い中の奥手のアシスタント・紗衣がキレイに目覚めた途端、裕貴からの独占欲が止まらなくなる。両想いの甘い日々の中、彼の海外勤務が決まり…!?

ISBN978-4-8137-0331-0／定価：本体630円+税

ベリーズ文庫
2017年11月発売予定

書店店頭にご希望の本がない場合は、
書店にてご注文いただけます。

『落ちたのはあなたの中』

葉崎《はざき》あかり・著

Now Printing

OLの香奈は社内一のイケメン部長、小野原からまさかの告白をされちゃって!? 完璧だけど冷徹そうな彼に戸惑い断るものの、強引に押し切られ"お試し交際"開始! いきなり甘く豹変した彼に、豪華客船で抱きしめられたりキスされたり…。もうドキドキが止まらない!

ISBN978-4-8137-0349-5／予価600円＋税

『医局内恋愛は密やかに』

水守恵蓮《みずもりえれん》・著

Now Printing

医療秘書をしている葉月は、ワケあって"イケメン"が大嫌い。なのに、イケメン心臓外科医・各務から「俺なら不安な思いはさせない。四六時中愛してやる」と甘く囁かれて、情熱的なアプローチがスタート! 彼の独占欲剥き出しの溺愛に翻弄されて…!?

ISBN978-4-8137-0350-1／予価600円＋税

『初恋の続きは密やかに甘く』

真崎奈南《まさきなな》・著

Now Printing

千花は、ずっと会えずにいた初恋の彼・樹と10年ぶりに再会する。容姿端麗の極上の男になっていた樹から「もう一度恋愛したい」と甘く迫られ、彼の素性をよく知らないまま恋人同士に。だけど千花が異動になった秘書室で、次期副社長として現れたのが樹で…!?

ISBN978-4-8137-0346-4／予価600円＋税

『覚悟なさいませ、国王陛下　～敵国王のご寵愛～』

真彩《まあや》-mahya-・著

Now Printing

敵国の王エドガーとの政略結婚が決まった王女ミリィ。そこで母から下されたのは「エドガーを殺せ」という暗殺指令! いざ乗り込むも、人前では美麗で優雅なのに、ふたりきりになるとイジワルに甘く迫ってくる彼に翻弄されっぱなし。気づけば恋…しちゃいました!?

ISBN978-4-8137-0351-8／予価600円＋税

『副社長は束縛ダーリン』

藍里《あいさと》まめ・著

Now Printing

普通のOL・朱梨は、副社長の雪平と付き合っている。雪平は朱梨を溺愛するあまり、軟禁したり縛ったりしてくるけど、朱梨は幸せな日々を送っていた。しかしある日、ライバル会社の令嬢が強引に雪平を奪おうとしてきて…!? 溺愛を超えた、束縛極あまオフィスラブ!!

ISBN978-4-8137-0347-1／予価600円＋税

『冷酷騎士団長は花嫁への溺愛を隠さない』

小春《こはる》りん・著

Now Printing

王女・ビアンカの元に突如舞い込んできた、強国の王子・ルーカスとの政略結婚。彼は王子でありながら、王立騎士団長も務めており、慈悲の欠片もないと噂されるほどの冷徹な男だった。不安になるビアンカだが、始まったのはまさかの溺愛新婚ライフで…。

ISBN978-4-8137-0352-5／予価600円＋税

『苦くて甘いルームシェア』

和泉《いずみ》あや・著

Now Printing

ストーカーに悩むCMプランナーの美織。避難先にと社長が紹介した高級マンションには、NY帰りのイケメン御曹司・玲司がいた。お見合いを断るため「交換条件だ。俺の恋人のふりをしろ」とクールに命令する一方、「お前を知りたい」と部屋で突然熱く迫ってきて…!?

ISBN978-4-8137-0348-8／予価600円＋税